明月飘逸时

胡马尔别克·壮汗 著
哈那提古丽·木哈什 译

作家出版社
全国百佳出版社

图书在版编目（CIP）数据

明月飘逸时 / 哈那提古丽·木哈什译．-- 北京：作家出版社，2025.1．-- ISBN 978-7-5212-3113-7

Ⅰ．I247.7

中国国家版本馆 CIP 数据核字第 2024Z4F816 号

明月飘逸时

作　　者：胡马尔别克·壮汗
译　　者：哈那提古丽·木哈什
责任编辑：李亚梓
封面设计：贾　莹
出版发行：作家出版社有限公司
社　　址：北京农展馆南里 10 号　　　邮　　编：100125
电话传真：86-10-65067186（发行中心）
　　　　　86-10-65004079（总编室）
E-mail: zuojia@zuojia.net.cn
http: //www.zuojiachubanshe.com
印　　刷：河北星强印刷有限公司
成品尺寸：155×220
字　　数：127 千
印　　张：10.75
版　　次：2025 年 1 月第 1 版
印　　次：2025 年 1 月第 1 次印刷
ISBN　978-7-5212-3113-7
定　　价：65.00 元

目 录

金麦子

酷热的七月刚刚过去，八月依旧炎热。被晒了一天的黑土地散发出层层热浪，空气里弥漫着一股烧干的煳味儿。放眼望去，山脚下延伸出的庄稼地，被绿色和黄色覆盖，绿色的是大瓜，金色的是葵花，墨绿色的是黄豆，只有零星的麦子呈现出金黄色……

大地仿佛在燃烧，葵花的细秆儿已经撑不住圆而大的花盘，被太阳晒得弯下了身子，绿叶蔫蔫的，像极了骏马疲惫抑或生病时耷拉的耳朵。只有金色的麦子，托着沉甸甸的果实稍稍弯下了腰，但却依旧生气勃勃。

为落实乡政府要发放给村民的扶持金，我们三个人来到田间测量麦子。麦田的主人不在，我们只好坐在干渠边等候，风中飘来熟透的麦香，还混着干草味儿。我们乘凉的小棚子抵不住酷暑，热浪快要烧干后背，脑袋开始嗡嗡作响。这天气，恐怕喝什么矿泉水都没用。巧的是，对面刚好挂了一幅“冰山”牌矿泉水的宣传画，我开始幻想，要是让我们到那冰山下待几分钟该多爽啊！干热的天气让人有些烦躁，“哎呀，这麦田的主人怎么还不来?”村委会的主任是个血气方刚的年轻人，他第一个沉不住气，站起身来，走到大路上不停地张望。天气越来越酷热，我不禁发问：“我们这是来给他送钱，怎么还见不到人?”一旁的技术员应道：“就是，应该让他在这样的天气烤上一天，到底是怎样一个人?!”村委会主任回答道：

“哦，就是那个瘸子托哈什。”听说是个瘸子，我们停止了牢骚，只好耐心地等待。

又过了好一会儿，才看到柏油路上隐约出现两个骑摩托的人影。这种热天气，尘土飞不上天，只好像牛粪一样一坨坨落在地面上。

村委会主任站了起来：“就是他，那个瘸子托哈什。”

说话间，摩托车停到了我们眼前，下来两个人。一个是骑摩托的年轻人，他戴着红头盔。另一个人瘦瘦的，脸色略显苍白，看着四十岁左右。令我有些吃惊的是，在他转身时，夹克衫的右袖子似乎飘了一下。我还没把目光抽回来，他已伸出左手来打招呼，我愣了一下，也握手问候。我看着这张脸，总觉得在哪儿见过，而他也不时地看看我。

我问道：“你的名字叫托哈什？”

——“嗯。”

——“你是塔纳拜家的托哈什吗？”

——“咦，你怎么知道我父亲的名字？你是……你是不是木哈什家的叶森？噢，老天爷，真的是你啊！”

他激动地用左臂拥抱我，把我贴到他那散发着汗味和烟味的胸膛上。我也热情地迎上去，却碰到他右边空空的袖子，当时，我的心颤了一下，盛夏中，我却感到他的残肢带给我寒冬般的冰冷感。

村委会主任和技术员跟那个年轻人测量麦田。当他们走进麦田时，周围一下子安静下来，好像他们消失了，只有金色的麦浪在静静地摆动。我和托哈什并肩坐在田边，聊起小时候的事儿。

我问道：“你住在这个村里？”

他应道：“是呀，我就住在这个村里。那年夏天，你们家搬去夏牧场。舅舅们把我们全家接到这个村里，一晃三十年过去了，时光流逝，真快啊！”

“你的胡拉莱姐姐呢？”

“我们搬到这里后，她嫁人了，家在山上的牧区。”

“那，你的奶奶……呃……呃……”

我差点张口问他奶奶的情况，又止住了。他沉默了一会儿：“你问我奶奶吗？三十年前，我们离开后，再也没见过她老人家。甚至奶奶去世也是过了好久才得到消息，没人及时通知我们老人的情况……”

我们默默地望着脚下的土地，许久没有出声。眼前干裂的土地，经过整夏天的浇水，现在变干了，像大块大块的网状图。

我递给托哈什一根上好的香烟，他却把香烟的黄色吸嘴掰掉，从口袋里拿出一根火柴夹在膝盖间，熟练地划了一下，麻利地点燃香烟。

“不把香烟的黄滤嘴掰掉，就像吃饭没加盐一样，不够劲儿。”

我静静地看着他，他叹了口气：“你也知道，我们那时年轻气盛，不懂事儿，对奶奶有偏见，没有好好体谅她老人家，现在长大了，才知道不该那样对待她……”

他抽了几口烟，没抽完，就把香烟弹了出去，那点儿烟灰掉在地上，立马把灰瓷碗似的干土块儿给烧黑了。他看到，赶紧用鞋后跟踩灭。顺手揪了一根麦穗儿，又是捏，又是吹，他那全是茧子的手掌里一会儿就剥出来一粒干净的金色麦子。

周围一片寂静，一只小飞虫贴着托哈什的头“嗡”的一声飞过去了，好像它也受不了这熬人的酷暑。

托哈什仿佛想起什么：“对了，我家搬走的时候，我特意留下一把蓝色的小刀让哈那提给你，你拿到了吗？”

“噢，给了。”我低声嘟囔了一下。事实上，我感到脑袋重重的，底气不足。我避开他的目光，朝麦田望去。远远地，两个小伙子已经把三脚架布置好，细心地测量麦田。我的注意力被麦田吸引了，看看，金色的麦田仿佛笼罩在一片烟雾中，忽然，我看见那个两鬓斑白的老妇人——托哈什的奶奶在向我们走来，还是那鹅蛋脸、高鼻梁，双眼炯炯有神，脸上布满皱纹，脸色苍白，念叨着："哎，孩子，给我的小孙子托哈什带个好啊，告诉他，奶奶想他，别忘了……"她低沉的声音盘旋在我的脑海中。

曾经的一幕幕浮现在眼前。托哈什的奶奶常常是一个人。我们几个小伙伴喜欢去她家，听她讲故事。老人被叫作驼背的高个子"黄老太婆"，因为她皮肤太白几乎接近金黄色。夜晚，劳累了一天的老人会让托哈什捶背，总是以"我的头疼得嗡嗡响"为理由，让托哈什再捏一捏额头。托哈什捏累了，就会悄声对我们说："你们帮我揉奶奶的额头，让她给我们讲故事。"一听有故事听，我们几个抢着轮流给老人捶背、捏头。老人感到舒服些，总会小声嘱咐我们中的任意一个："小家伙，去你妈那儿给拿点儿东西，别让外人看到。"其实，就是一小撮砖茶或一点儿牛奶。大多数情况，都是我偷偷回家问我妈要。妈妈每次都给我足量的茶和牛奶："可怜的老人，一个人孤苦伶仃的，她肯定馋奶茶了，快去吧。"

老太太用家里仅有的一个破旧不堪，连把手都是粗铁丝绕的铝茶壶烧奶茶，她津津有味地喝碗浓浓的奶茶，出一头汗，头疼似乎就好了。我们开始哀求她讲故事，当她不答应时，淘气的托肯就会嚷嚷："不讲故事就算了，我们回家吧，您的托哈什骗我们给你捶背，我们再不相信他了。"这句话意味着明天的游戏中，托哈什会挨打。老太太一听就急了："哦哟，快回来，小家伙，我的托哈什不是骗子，来，乖，我来给你们讲故事，哎呀，我的腰哟，只要别让人看见就行。"老人扶着炕沿起身的时候，干瘦的双手青筋突出，膝盖因为关节炎发出嘎吱的声音。她熄灭灯，带我们围坐在一起，开始用低沉的声音讲从前的故事。她会讲各种故事，五花八门，我们被故事吸引，常常忘记了按时回家，更别说父母交代的事儿。因为这个，我们没少挨打。但我们从不对外人说起老奶奶讲故事的事儿，这是孩子和老人之间的秘密。

但是，有一天，有人突然进门来，发现了这个秘密，那个人在黑暗中偷听老人讲故事，随即大声呵斥："老太婆妖言惑众，会害了你们这帮小毛孩。"那人根本不听我们的苦苦哀求："叔叔，是我们要求奶奶讲故事的，我们也没在这儿干什么。"

第二天，我被爸爸警告："你小子，再敢去老太婆家，我就打断你的腿！"连着三天，没人敢去她家。到第四个夜晚，我们偷偷翻过老人家的后墙，跳到院子里，凑到老人躺着的土炕边。院里的一头老山羊趴在炕边，我们拍老山羊，拉扯它长长的羊角，老山羊咩咩叫了几声，抬起前脚，但就是不让位子。我们只好和老山羊趴在一起，混着土味儿和羊臊味，缠着老人给我们讲故事。老人刚开始假装没听到，根本不理会我们的哀求。但看到我们都不愿回家，她长长地叹了口气："只要你们对我的托哈什好，不欺负他，我就给你们讲点儿吧。"老人已经听说，那天孩子们不仅揍了托哈什一顿，还往他脸上抹泥巴。我们向老奶奶保证今后再也不欺负托哈什。老人这才撑起疲惫的身体，她的膝关节发出咯吱咯吱的声音。老人善意地提醒我们："你们偷偷跑到我这儿来，一定要小心，听到一丁点儿声音，我们就停下来。"月光下，我们围着高个子的老人，津津有味地听她讲故事，就像一群小蚂蚁围着蜜糖一样……

后来，我们突然听说托哈什的奶奶要嫁人了。

一时间，村里人议论纷纷：

——这么大岁数还要嫁人？

——太丢人了。

——老太婆都快九十岁了吧！

——她已经七十三了。

——听说她要嫁给山上放羊的那个老头子。

——那她是不是要把孙子托哈什和孙女胡拉莱一起带走？

——听说她一个人去山上，不带走孩子们。

——她的心够硬的。

——要不怎能一个人生活。

老太太要嫁人的消息，对我们这些爱听她讲故事的孩子们来说，简直就是坏消息。我们爱听老人讲故事，我们曾经是一伙的，现在，她要出嫁，让我们也觉得抬不起头来。孩子们再也不想去她家听故事，托哈什也不再和我们一起玩儿了。

到了老人出嫁那天，我们几个偷偷去看。一个老太婆会怎么嫁人？那天，老人没去参加大队劳动，托哈什的妈妈和姐姐胡拉莱也是早早收工回家。临近中午的时候，一个骑马的老头子和一个小伙子来到门口，拴好马匹，问候过后，进了屋。

"快看，老太婆要嫁给那个老头儿。"我们中有人嘀咕道。

"当然是那个老头儿，你以为会是那个年轻小伙子吗？"

突然，我们看到托哈什哭着跑出家门，解开客人的马，并向马扔石头，马突然受惊，也不顾马镫子撞疼肋骨，拖着拴马绳跑向大路。托哈什又开始解开第二匹马，幸亏小伙子跑出来制止，骑上马去追被托哈什放走的马。托哈什继续哭喊着，拿出石头竟扔向那个年轻人，那人只好用衣服挡住头部，压低身体，骑在马上飞奔而去。还好，没多久，第一匹马被顺利找了回来。托哈什号啕着奔向村后的小河。他的姐姐胡拉莱捂着脸躲在牲畜棚里。

等到劳动午休时，我妈和村里的女人们三三两两地走进托哈什家。我们看见老太太出嫁前抱着托哈什的妈妈哭了好半天，也没听清她们在说什么。接着，老太太跟着山里来的老头儿和小伙子走了。

我妈回家时眼角红肿，一看就是哭过。我爸故意问："怎么样，你们把老太婆嫁出去了？"我妈瞥了他一眼："你以为她老人家愿意嫁人吗？这么大岁数了，命苦啊！你们这些男人，一点儿都不了解女人的心思。"妈妈又开始抹眼泪。她袒护老太婆的行为让我很讨厌，我觉得妈妈，还有身边这些女人的想法太奇怪了。

而那天，托哈什让他妈妈找了好久才回家。

就这样，到了夜晚，我们因为白天玩儿累了，早早就睡了。我睡得正香，迷迷糊糊被噼啪声惊醒，原来是家里的油灯。那时，油稀缺，为了省油，家里人会不断给油灯里加水。当油用完只剩水时，就会发出噼啪声。弟弟们在熟睡，爸爸妈妈去村里开会，还没回家。我坐起来，突然听到外面有什么动静。

外头下雨了，突然从邻居塔纳拜家的小棚子里跑出个人影。我细细一看，竟是托哈什的姐姐胡拉莱，大半夜的，她一个女孩子要干吗呢？胡拉莱的爸爸几年前因病去世，家里只剩下托哈什和他的妈妈，还有胡拉莱和两个弟弟。

我穿上衣服出门，走近胡拉莱，她竟认出了我："是谁？是叶森吗？"我回应后她又说，"你怕坟墓吗？"我没吱声。"叶森，能不能陪我去看看我爷爷的坟墓？""你为啥不带托哈什去呢？"我问道。"托哈什还在哭呢！你要是害怕，我一个人去。"我满脑子想的是村里的那些关于鬼魂的传说，听说坟墓夜晚会发光，把赶大车的阿吾力汗追到家门口；斯哈克老人夜晚经过坟墓回家时，有个奇怪的亮光一直跟着他，不让他进家门。但是我又怕胡拉莱笑话我胆小，只好硬着头皮答应陪她去。

想到胡拉莱爷爷的坟墓在村外的悬崖边上，我一直在发抖。胡拉莱以为我真的很冷，她拿出平日里她和托哈什拾干粪用的破麻袋，我们俩利索地把麻袋两端贴近对齐做成“帽子”披在头上。

夜色中，我们冒着细雨来到漆黑的墓群边。突然从高墙上有什么似乎飞出来，发出一声怪叫，打破了夜的寂静。我被吓得快要哭出来，心儿咚咚直跳，我不由得后悔来到这鬼地方。“不要怕，是猫头鹰，或是蝙蝠。”胡拉莱安慰我，但我还是很害怕，总觉得会有什么东西冷不防跳出来扑到我身上。我紧跟着胡拉莱加快脚步，我们好像都跑起来了。突然，胡拉莱停下来，把头贴近我，可以闻到她脸上的香味，她贴到我耳边悄悄说：“不要怕，不会有事的，昨晚大家都睡着时，她也来过这儿。我以为她是想趁我们睡着后乘机逃走，没想到，她来到爷爷的坟上，默默地坐了好久，我一直跟着，从远处盯着她，在她起身前，我先跑回家的。”我这才意识到胡拉莱说的是她的奶奶——黄老太婆。

胡拉莱抓住我的手，她的手很细却很有力，我被她拽着走向墓群，我想挣脱却没力气。我们来到一个很大的坟包面前，半蹲下来。毛毛雨下个不停，胡拉莱的身子微微颤抖，她在哭，我也想哭，虽说找不到哭泣的理由，但因为害怕，我也在流泪。胡拉莱默默地哭，我也在默默地哭，整个世界都在默默地哭。过了好久，我听到胡拉莱长叹了一口气，用一种超出她年龄的口气喃喃地诉说：“爷爷，您知道吗？奶奶要丢下我们，抛下这个家和别人走了，这么大岁数还要嫁人，多丢人，也不管我和托哈什怎么哭着挽留她，嗯嗯，她昨晚来看您，肯定是来找借口骗您的……”

雨夜中，我听着胡拉莱的哭诉声，觉得陌生又遥远，胡拉莱的哭声仿佛不是人的声音，更像是眼前这些躺在这里的亡灵们发出的声音，哭声仿佛从七层深的地底下冒出来，往整个天空扩散。我只觉得脑袋快要爆炸了，感觉身体沉沉的，我想捂住耳朵，却动不了。

胡拉莱继续哭诉着，听着更像是孤魂的哀怨声：“爷爷，当初你们结婚时，奶奶肯定说过‘除了你，不会再看别的男人’吧？可是，如今，她却变成这样，丢不丢人，这么大年纪还要跟别的人走。您好好说说她，爷爷啊……”

我身上发麻，但眼泪一直没停过。我期盼着一切都快快结束，耳边依旧是胡拉莱的哭诉：“爷爷，奶奶的行为太丢人了，不忠诚的人，不害臊！”漆黑的天，不透一点儿亮光，雨夜中，我们半蹲着不动，周围那种可怕的声音和气氛仿佛永远都不会消失……

我的眼泪是温热的，一直不停，雨也下个不停，雨水和眼泪混在一起，我的睫毛眨了一下，仿佛看见眼前的坟墓边冒出一道细长的蓝光。蓝光开始发散，好像要包裹整个世界。

“看见没？那是我爷爷，我爷爷出来了。”胡拉莱喊起来，我彻底吓坏了，毫无力气，害怕地紧贴着她。我再也不要看见什么影子之类的东西。

胡拉莱在哭喊：“爷爷，您出来了，您说说，曾经一起生活四十多年的老伴儿要嫁人，奶奶的做法让我们家族蒙羞，多丢人！”而那个光影似乎在回应。我什么也听不到，脑子一片空白。只是看到那蓝光变得更加清晰透亮。

——起来！

那蓝光在揪我的后背。

——快走开！

那蓝光似乎在催赶我。

我的脚踩在蓝光上不着地，人在半空浮着。过了好久，我又被蓝光推着坐在地上。哦，不是，蓝光不见了，我的脚底下是泥土，周围还是一片漆黑。雨水滴在我脸上、眼睛上，像是在帮我驱邪。我打了个冷战，寒意从肚脐眼开始向整个身体扩散。慢慢地，我恢复了意识，因为我感到身旁有人在摇我，是胡拉莱，她的眼睛在黑夜中发亮："叶森，你咋了？是不是害怕了？我不该带你到这儿来，你说不怕，我才带你的。我什么都不怕，大不了一死，还可以去见爷爷，叶森，你刚看见了吧？蓝色的光影，那是我爷爷，我全给他说了，爷爷已经知道奶奶的事儿了。但是，爷爷什么也没说就走了，是不是他生气了？叶森，今晚的事儿，不要告诉别人，只有我们俩知道。"我不停地点头，说不出话来……

自那个夜晚，我开始坚信世界上有"灵魂"，特别是那道蓝色的光，说明人死后要去的地方很可能是蓝色的。常听哈萨克的老人们把去世的人叫作"带光的人"，现在看来，祖辈流传下来的叫法都是有一定道理的。有一天，我要去拜访那些见多识广的老前辈们，给他们讲讲我见到的"蓝光"。

我和胡拉莱严守着那晚去坟墓以及看到"蓝光"的秘密。直到今天，我见到托哈什才告诉他这个秘密。想想，我和胡拉莱都很守信，这么多年从未失信，托哈什可以算是第三个知情者。

托哈什低着头，用他满是灰土的鞋子划拉脚下的干土。一只甲虫张开翅膀从干土中飞走了。托哈什絮叨着："麦子，金色的麦子是神圣的粮食。"

后来，我再次遇见托哈什的奶奶，那是我家到夏牧场放牧的第二年。我在去叔叔家的途中，经过一个专养骆驼的阿吾勒[1]，被一群狗围住，我骑的小公牛被惊得乱蹦乱跳。我也又惊又怕，不知所措。幸好，从不远的毡房里走出一个老妇人及时喝退那群狗，我才得以解脱。第二天，我又经过那里，刚想绕道走，却被正在松树下挤骆驼奶的老妇人叫住了。我本来还不想过去，那老妇人却朝着我跑过来。我只好拉紧缰绳停下来，等老妇人走近，我才认出她，是托哈什的奶奶。因为她抛弃托哈什和胡拉莱嫁给一个老头儿的丑事

① 阿吾勒：哈萨克语中对村庄、家乡的称呼。

让我也感到难为情，我不怎么想见到她。老人不理会我的躲闪，反而把我抱在她飘着奶香的怀里，亲吻我的小手。我赶紧趁她不注意，极力用唾沫擦掉刚才被亲的手。老人一个劲儿地问托哈什和胡拉莱的情况，问他们学习怎样、有没有饿肚子、身体好不好，还追问托哈什是不是还被村里的捣蛋鬼欺负，又问到我妈和村里其他人。那时，作为一个孩子，我觉得她很虚假，既然这么关心托哈什和胡拉莱，为什么还要嫁给一个老头儿？我看到自从“黄老妇人”嫁人后，托哈什和胡拉莱受到孩子们的嘲笑，他们俩变得孤僻，不再和村里孩子一起玩儿了。我只想快点离开，但老人根本不理会，她牵着我的牛走到挂有“优秀”标记的毡房面前，拴好牛，笑眯眯地看着我：“孩子，路上渴坏了吧，进屋喝碗驼奶，解解渴。”我抵触地回应：“不，我不渴，我才从家里出来。”“孩子，不渴也进来。以前在村里没少得到你妈妈关照。哪怕是一小撮茶叶、一把盐，她省着也要给我一些。你妈妈是个好心人，向来照顾我们家，你也是个听话的好孩子，是托哈什的朋友，不欺负他……”

老人的夸赞，让我打消了赶路的念头，不再去抢牵牛的绳子。老人用木勺搅着浓浓的驼奶，回头看看我：“孩子，昨天我就认出你了，看见你就像看到我的托哈什。我知道你要去你叔叔家。听说你家在夏牧场的西巴尔阿戛什，我也没办法去看望你们。昨天，那老头儿在家，所以没叫住你。今天估摸着你该回家了，所以我才假装挤骆驼奶等你呢。”她给我盛了一大碗驼奶，还不时背过身抹眼泪，不让我看见。好一会儿，她才转过身：“多喝点儿，我的孩子，再喝一碗。”我婉转地回绝了，便从餐桌旁坐到一边儿。“我走了后，我的托哈什是不是哭了好久？”我点了点头。她继续道，“你们还小，不会理解大人的事儿。你们以为我吃饱了撑得要嫁人吗？我是怕连累那几个孩子。我嫁的这个老头儿是养骆驼的优秀牧民。他兄弟在县里当领导。我不是为了自个儿享福来到这儿的，只是因为，哎……”

我走时，老人拿出一大袋骆驼毛，塞到马背褡裢里。她叮嘱道：“孩子，把这些骆驼毛给你妈，纺成线，做个小花毡。向你妈妈问好，她对我的好心，我没法报答，祈求上天赐福给她。”老人边说，边用头巾擦了擦眼泪。

这时，那些和小牛犊一般大的狗又叫了起来。老人大声呵斥，泼了几勺水，那两条狗才算安静下来，跑到稍远些的地方，抖抖身子，直直地蹲在那儿，似乎特别不满我这个不速之客。

老人亲自牵着我的牛到大路边，一再嘱咐：“孩子，给我的孙子托哈什带个好，别忘了告诉他，奶奶想他。”她拿出两包用手绢包好的松脂，“给你，孩子，你一包，给我的托哈什一包。”

但是，等到秋天，我家回到村子时，托哈什全家搬走了。老人让我带的问候和松脂也没办法转给托哈什了……

此刻，托哈什闻了闻手掌上的麦粒：“奇妙无比的味道，麦子熟了的味道。”他转过身问我，“叶森，你还记得我们以前嚼的麦子味儿的口香糖吧？”

怎能忘记那个味道？那时，学校门口有大队的马力磨坊。下课时间一到，我们都跑到磨坊那儿。管磨坊的瘦子赛买提，皮肤黝黑，瘦高个儿，脖子长，大喉结，尤其在和别人吵嘴时，喉结都快凸出来了。若碰到他心情不顺时，我们还没踏进磨坊，他就手拿鞭子抽我们：“去，去，一边儿去，那谁谁的老婆竟跑到领导跟前告状，说给她家磨的面粉少了，搅和老子的事儿。”大部分时候，赛买提心情还不错。我们一帮小孩跑到磨坊跟前。他指挥我们干点打扫磨坊、踢磨石、赶马等零碎的活儿，或者帮他把磨好的炒面筛一遍。赛买提自个儿坐在门口抽莫合烟，和来往的人唠家常。特别是看见村里的女人来打水或来磨坊办事儿，赛买提会高兴地和她们开玩笑，日子过得挺滋润。有时，我们会赶上赛买提磨炒面的日子，凡是炒好的玉米、豆子，他都会给我们分半捧多，足够我们这些孩子填饱肚子。要是赶上磨面粉，我们会要点儿麦粒，放在嘴里嚼碎，不停地嚼，嚼出奶香味的白色汁液，嚼出“麦子口香糖”。托哈什说的就是那个味儿。那会儿，不容易弄到松脂，但比起嚼野草还是要好很多。

托哈什对我说：“你知道的，我从小都是奶奶照顾的，妈妈说在胡拉莱姐姐和我之间曾有过两个孩子，但都夭折了。家人按照老风俗，为讨个吉祥，给我起名‘托合陶’，意思就是停住、留住，当然，你们都叫我小名托哈什。”我也想起，我们都叫他托哈什，直到上学那年去登记，才知道托哈什的真正名字为托合陶。

托哈什继续讲着：“我出生后，我妈生了两个弟弟。所以全家人，特别是奶奶很宠我，认为我给家里带来吉祥，说我是个福娃。奶奶经常疼爱地喊我：‘我的小黄麦子，奶奶的心肝宝贝，最甜最解渴，我呀，最喜欢我的大胖孙子，都想一口亲到嘴里去。’老人家整天把喜爱的话挂在嘴边。我曾经噘着嘴抗议把我比作麦子，奶奶语重心长地安慰我：‘我们哈萨克人会把孩子比作天上的星星，或者比作幼小的水獭，那有什么好的。只有麦子才神圣。还有，我们哈萨克人夸一个姑娘漂亮，就会形容姑娘的皮肤和麦子的颜色一样，民间也有许多关于麦子的歌曲。’听完奶奶的解释，我深信麦子的神圣和可贵。任凭奶奶喊我‘小黄麦子’，我都乐意接受。那时，公社的面粉轮不到我们，只好吃些炒麦子。当炒麦子出现在餐桌上，我们总是争着抢着塞嘴里，那段时光让我感受到麦子的珍贵。”

托哈什望着麦浪，沉浸在对过去的回忆中。

我看着眼前老虎胡须一样长长的、六股鞭子般熟透的麦子，像阅兵一样紧密地排列在眼前，哪怕一点风，抑或是你不小心碰了一下，都会让膨胀的麦粒掉下来，剩下长长的麦秆儿随风飘摇。

托哈什讲述着："那年，奶奶嫁人，对我打击很大。我恨她抛弃我们，因为她，我感到耻辱，不愿和村里的孩子一起，奶奶的事儿，改变了我对所有女人的看法，让我变得不再相信任何女人。我痛恨妈妈对奶奶的理解和袒护，甚至觉得胡拉莱姐姐也不对劲儿，总之，这些最亲的人，因为她们是女人，我宁愿不相信她们。反正，只要有机会，她们都会跟随别的男人离我而去。你还记得我哥家收养的那个'斗鸡眼'穷光蛋阿风吧，一天到晚围着我家转。直到有一天，我看见胡拉莱姐姐和他在一起。于是，不管那个'斗鸡眼'比我大多少，我向他扔石头，一块接着一块，直到打破他的头，流了很多血。气得我妈哭着朝我喊：'你这个不懂事的小崽子，穷人家的孩子娶你姐姐又咋了？起码，他不嫌弃我们，会保护我们。你为什么用石头打人家，不知好歹的东西。你的奶奶、我和你姐都是为了你们，为了这个家着想，你怎么就不明白？'而对我来说，妈妈的训斥更让我觉得她是在为她们这些女人狡辩。我对妈妈的不信任愈发强烈，变得更加痛恨她。说真的，当时，我对全世界的女人都失去了信心……

"那天晚上，全家人都睡了，我突然听到关门的声音。胡拉莱姐姐和两个弟弟睡得正香，而妈妈的床铺却是空的。我想起，前几日早晨妈妈的鞋子总沾着泥巴。现在，这么晚了，她还出门去干什么？大晚上能有什么事儿？等我们都睡着了才出去，肯定有问题。她手里还拿了个东西，难道是去跟某个人……想到这儿，我的头嗡嗡作响，全身发抖。我愿意跪着乞求妈妈不要离开我们。但是，怀疑的虫子在作祟，就算你祈求也没用，就像我求奶奶别走，还不是一样被抛弃。似乎有个声音贴着窗户在说：'不要相信她们，她会和你奶奶一样抛弃你们，万一你妈走了，你们怎么活？'我无法回答，我挣扎，一刹那，我脑海里掠过一个想法：跟着我妈出门，把那个坏蛋给灭了，反正，活着也没什么意思。我在黑暗中找到了炉边的小刀，想着要不要叫上胡拉莱姐姐，但又一想，万一她站在妈妈那边，会妨碍我办事儿。我一个人摸黑出了门，很快，就追踪到妈妈的身影。夜色中，月亮像一把旧镰刀一样弯弯地挂在天上。妈妈没走大路，而是去了今年没种麦子的田埂上，我藏在小渠边观察妈妈的举动。她在朦胧的月光下似乎忙碌着，我更加坚信她是在等某个人。过了一会儿，我看到远处有个骑马的人。我开始想象，一旦那个骑马的人靠近，妈妈就会跑出来和那个男人同骑一匹马离开我们，看都不看我一眼。我的心跳加速，不知该如何是好。我焦急地看着妈妈，但她并没有站起来迎接那个骑马的人，相反，妈妈趴在地上躲起来。受惊的马开始乱动，骑马的人气急败坏地朝着妈妈的头猛抽了两鞭子，凶狠地喊道：‘趴在那儿的人是谁，快出来！’妈妈没有吭声，那人放出狠话：‘是谁？快出来，咒你祖宗的坟墓，是活人就快出声。’我从骑马人的声音、夜色中的白衣认出是管粮食的瘸子阿海。我心想，瘸子阿海不是个省油的灯，我妈跑不掉了。阿海喊道：‘黑灯瞎火的，你想干什么？你要再不出来，我现在就叫人过来，要想活命就吭声！’我那可怜的妈妈才发出微弱的声音：

“‘是我。’

“‘你谁啊，哼哼唧唧，道上名来。’

“我妈妈报出名字，并解释她在捡麦穗。我却认为妈妈是为了掩盖和别人私奔在撒谎。

“阿海哼了一声：‘是你啊，大晚上捡麦穗，蒙谁呢？’

“妈妈颤抖着：‘我说的是真话，大哥，我若说谎就让雷劈死我！’

“‘什么时候开始捡麦穗的？’

“‘从收割麦子那天起开始捡麦穗的，这是第三次来。’

“‘真行啊，敢偷公家粮食。’

“‘大哥，我也是为了孩子们，他们都在长身体，吃不饱。’

“‘什么？你这是偷窃！’

“妈妈哭起来。我才想到最近家里的餐桌上总会有新鲜的炒麦子，我们吃得好开心，灶台边总留下没烧完的麦秆儿。

“瘸子阿海下马走到我妈身边：‘哎呀，你这个小媳妇，也是个可怜人。’

“我妈妈边哭边说：‘我不是故意偷麦穗的，可怜可怜我的孩子们，我也是没办法。’

“‘嗯，你若聪明点，完全用不着这么辛苦，你只要稍微用点心，我就会扛着一麻袋一麻袋的粮食送给你。哎呀，没男人保护的小媳妇啊！’

“‘请大哥发发慈悲，我们孤儿寡母的，孩子们还小……’

“‘怎么，你那个嫁人的老妈都守不住寂寞，何况你还年轻，难道你没有渴望点儿什么吗？别骗人了，哈哈哈，你怎么说……’

“那一刻，我不知哪来的勇气，我冲到跟前：‘妈妈！’马受到惊吓，带着马镫子和马鞍噼里啪啦把阿海给拖走了。我哭着扑到妈妈的怀里，自奶奶嫁人以来堆积的所有委屈、孤独、沮丧、后悔、自责等太多复杂的感情此刻都爆发了。

“妈妈吓坏了：‘我的孩子，你怎么跑到这儿来的？’

“我不知该作何回答，只能默默地哭。这时，背后传来怒骂声：‘咒你祖宗的！敢偷公家的粮食，看看你们。’妈妈解释道：‘大哥，您看，这块田去年种过麦子，今年没种粮食，这些都是去年的种子长出的一点儿麦穗，我们不吃，牲畜也在吃啊。’

“‘比起你们，牲畜吃就对了，明白吗？’

“瘸子阿海叫嚣着骑马过来，用鞭子抽打了我妈妈几下。妈妈叫了声‘我的老天啊’禁不住弯下了腰。我看见妈妈额头上有一道褐色的液体流下来，摸起来黏糊糊的，这是血。我听说瘸子阿海的鞭子里缠着铝条，曾将闯进麦田的公牛抽得裂开皮。现在，铝鞭子打在我妈妈身上。阿海再次举鞭子时，我挡在妈妈前用身体挡住了下落的鞭子，嚓、嚓，鞭子抽打在我的背上、肩膀上，身体像着了火一样，我眼前一片漆黑，整个人都摇晃起来。我妈妈撑着站起来，把我紧紧地抱在怀里。我下意识地摸索掉在地上的小刀，什么也没摸到，只有土。

“瘸子阿海歪着脑袋看着我们母子俩，转身骑马屁颠屁颠地离开了。

“妈妈心疼地看着我：‘我的孩子啊，看着自个儿的孩子被打、流血……天杀的瘸子！’妈妈抽泣着坐了好久，我看着伤心的妈妈，身上再痛也没敢让她知道。‘走吧，妈妈，我们回家。’我直了直身子。妈妈却在黑暗中继续摸索着，找到刚才挨打时掉落的袋子，趁着月色把撒落的麦穗拾起来。‘还要那个干吗，我们回家吧。’我禁不住把一切都怪到麦穗上。‘不要乱说话，孩子，麦穗是圣洁的，我们也是清白的，这些麦穗本来就散落在田边，我没偷东西，老天爷看着呢。晚上拾麦穗也不算偷，白天我没空，如果你们知道我晚上拾麦穗，肯定会阻止我，我只好等你们都睡了才偷偷出来拾麦穗。如果我说出来，你们还会那么开心地吃炒麦子吗？我们不要白白被打和流血，这是我们辛辛苦苦劳动得来的。’

“那晚，妈妈抱着我一起睡，小心翼翼地摸我的伤口，我感到身体越来越烫，伤口在发胀，疼得让人无法动弹。我却咬着牙安慰妈妈说一点儿也不痛。妈妈心疼地说着：‘我的孩子啊，我的眼睛，我心灵的保护神。’

“现在回想起来，当时我一点儿也不明白妈妈的话。是不是因为我用身体挡住了鞭子？还是因为我错怪了妈妈？哎，我对不起妈妈……

“第二天早晨我根本没法起身，后背一片红肿，酸痛发麻，似乎有毛刺在戳似的不消停。一会儿烫得发烧，一会儿冷得发抖。一闭上眼就梦到我和瘸子阿海在搏斗，突然，阿海骑马追我，用套子套住我，并把我扔进熊熊燃烧的火堆里，我使劲挣扎也无法逃脱，火越来越大……我惊叫着醒过来，原来是个噩梦。整整两天我才算缓过来。晚饭时，妈妈给我的碗里放了把麦子。看着奶茶里漂着的麦子，我眼前就浮现出瘸子阿海挥舞鞭子，妈妈却弯腰手撑地面，脸上流血的画面。我感到肩上的伤口在灼烧，阿海嚣张的声音刺痛了我的身体和心灵，连睡觉也不能忘记。我一定要报这个仇，复仇的念头在我脑海里愈发强烈。

“午夜，我悄悄起身。一家人都在熟睡。我顺手拿了一根炉子里的木柴，直接跑到麦田边，一把火点着了干干的麦穗，不一会儿，麦田变成了一片火海。我赶紧跑回家，麦田的火光远远也可以看见。这下，看你这个死瘸子咋办？我一边为报仇而高兴，一边也担心自己放火的事被发现。那晚我又做噩梦了，梦见阿海举着他那根铝鞭子骑马追打我，我跑啊跑，跑得筋疲力尽。

“待我醒来时，‘昨晚麦田着火了’的消息轰动了全村，大家都在讨论这件事儿。我的朋友托肯和其他孩子都邀我一起去看，我心里很害怕，借口不舒服没去。我一直眼巴巴等着他们回来，可是等了很久，他们才回来。托肯把黑乎乎的手伸进裤子口袋，拿出一把被火烧得半熟的麦子，他把一半放进自己嘴里，一半分给我，笑眯眯地对我说：‘等大人们走后，我们几个拾了一些半烧的麦穗儿搓了些麦子。你也吃点，可香了。’看着托肯嘴里嚼的麦子，一股香味扑面而来，我却一点儿也不想吃。我的心怦怦跳，没敢问火势的情况，也没和他们出去玩儿。我一直在院外的棚子那里转悠，不敢待在家里，直到妈妈过来叫我，我才进屋子里。

“餐桌边，家人一起喝茶。我发现妈妈从眼角看我，我心慌意乱。好不容易喝完茶，姐姐说要去商店用鸡蛋换针线，弟弟们出去玩儿了。只剩下我和妈妈，妈妈发话了：‘你昨晚去哪儿了？’我的心跳到嗓子眼儿上，不敢吭声。‘昨晚麦田里的火是不是你放的？你是想报瘸子阿海的仇吧，是不是？’‘不，不是我，我没有放火。’‘不要撒谎，你裤子口袋里的火柴是干吗用的？你没去麦田的话，那裤腿上的苍耳哪儿来的？麦田着火后，你就很安静，也没出去玩儿！’我发现妈妈就像亲眼看见我放火似的清楚，她揭穿了我，我害怕得说不出话来。

“‘我明白了，是你放的火，孩子，你犯了大错。幸亏烧坏的麦田只有一间房子那么大。但是，坏事终究是坏事，老天爷不会原谅做坏事的人。你怎么不想想，那些麦子不是阿海的私人财产，那是乡亲们的血汗！幸亏烧坏的是一些熟透的麦穗儿，万一烧掉整个麦田，我一定会不认你这个儿子！你要知道，虽说你爷爷、你父亲都是富贵人家出身，你妈我可是地地道道的贫穷牧民的女儿。在旧社会，你的姥爷曾经因为在俄罗斯人的麦田里拾麦穗，结果被他们活活打死。他去世的时候怀里有半裸麦子留给我们，知道吗？半裸麦子啊……’妈妈说不下去了，泣不成声，‘你说，你怎么这样做？有多蠢，竟然向阿海报仇！阿海就是一条狗，你也和狗一样做蠢事吗？’妈妈失望的眼神让我不安，她哭了好一会儿才停下来。擦干眼泪后，妈妈的语气却变硬了：‘我哭是因为想起可怜的父亲，因为你没出息。一直以来，我们全家向上天祈求，让我的儿子成为男子汉，万万没想到你会变成这样。那些检查麦田的人在渠道边儿上捡到一些烟头，确定是阿海用报纸卷的烟。检查组认为是烟头引起的火，听说下午就要去抓瘸子阿海。’

“我松了口气，麦田损失还不算严重，只有一个房间那么大的地儿被烧，而且火灾的全部责任都落到了阿海身上，我一下子放松了。‘唉，你似乎为责任落到阿海身上很高兴啊？孩子，你错了。阿海的所作所为自有老天爷惩罚，但在放火这件事情上，他是无辜的，怎么能嫁祸到他身上，他也是个可怜的人。’

“我原本以为妈妈因为我放火会受到惩罚而伤心，现在后果由阿海承担，她应该很高兴啊！但她却可怜那个可恶的阿海。

“妈妈把我抱在怀里放声大哭：‘儿子啊，你怎么可以这样让我为难，我的宝贝，让我夹在中间，我的老天爷，我造了什么孽，让我这么痛心。’妈妈痛哭着，我还一时没明白过来她为什么这般折磨自己。过了一会儿，她站起来，好像下了很大的决心。‘不行，我不能眼睁睁看着却当什么事也不知道一样。不能这样干坐着，一旦违背良心，以后还怎么活下去。’妈妈翻出了我上学时才能穿的衣服，扔在我面前，她表情严肃，很严厉地对我说：‘快点儿穿上！’我不清楚她想干什么，但又有些害怕，我很快穿好了衣服。

“此时，妈妈又哭起来：‘我该怎么办？我的小马驹啊，你闯了那么大的祸，我为了你什么都可以忍受，我不会吝惜自己，但在这件事情上，我却无能为力。要是我自个儿去，这个家就散了，你们会和小麻雀一样没人管。’

“她又挺起身子，一把抓住我的胳膊：‘走，要是你爸还活着，奶奶也在的话，他们也会这样处理的。走，在阿海没被带走之前，我们去给检查组的人讲清事实。’

“我才意识到妈妈要做什么，我吓坏了，哭着喊着求妈妈：‘妈妈，不要带我去见检查组的人，我害怕，妈，我再也不敢了。’这时，胡拉莱姐姐回来了，她也苦苦地哀求妈妈不要送我去认罪。妈妈却把姐姐的胳膊甩在一边，大声地斥责姐姐不要干涉，然后一把抓住我，几乎是拖着我往队长家走。此后的情形我基本上都没印象了，可能当时我太害怕了吧。

“后来，听村里人说，要是我妈没带我去认罪的话，谁也不知道是我干的，检查组已经认定要把阿海交给警察。当我妈把我带到他们跟前认罪时，他们都愣在那里不知该如何处理。而那个垂头丧气的倒霉鬼阿海却开始趾高气扬起来：‘我早就知道他们家是啥样的人，我还抓过他们呢。’检查组的人一看我还是个毛孩子，只好对我说：‘本来烧坏公家麦田应该追究法律责任，但你还是个上学的孩子，需要学校出面进行教育。’检查组的人对我和妈妈做了一番严厉的批评教育后就放了我们。

“从此，我辍学了，我没脸去上学。村里爱管闲事的人嚼舌头、说闲话，数落我家的不是。甚至还有人当面冷嘲热讽，欺负我。我对妈妈充满了恨，责怪她为了当好人却毁了我的生活。

“村里说什么的都有，有些人明着说的话还可以接受，有些背地里针对我妈放出的闲话简直是让人无法接受，一个说：‘哎，真是个没脑子的女人，非要出卖自个儿的孩子，她不说，谁也不知道这个事。’另一个就会接上：‘就是，阿海为了点儿麦穗打她和孩子，她还可怜阿海这个混蛋呢！本来全部责任可以推到阿海身上的，难道一个外人比自个儿的儿子还稀罕吗？竟然告自己的孩子，太丢人了……’每回听到这样的传言，我对妈妈的怨恨就会加倍，我对妈妈的爱已经变成痛恨。

“如今，想想自己的所作所为就很后悔。后悔也没用了，当时没想明白的事儿，一切都过去了。每次感到绝望时，会安慰自个儿，也许过世的亲人早就原谅自己了。”

托哈什目不转睛地看着远方，很久都没说话。他的神情让我觉得眼前无边的原野和枯燥的生活似乎都是压在身上的沉重负担。我只好没话找话："麦子，种麦子好啊，政府有好多政策提倡种麦子，扶持金也高，你种麦子就对了！"

"哦，我种麦子好多年了。自从承包制后，我家的地除了种黄豆和大瓜子外，每年都要种五到十亩的麦子。以前因为麦子上税多些，咋种麦子都是亏，但我还是坚持种麦子。村里人都说我傻，身体不好还不种些好卖的农作物，还亏本种麦子。这几年，村里人都种其他东西，就我在种麦子，收割机没法用，只好用手来收割。为了种麦子，家里人都责怪我。他们哪知道我心里的苦啊！麦子，是我这辈子无法逾越的一个心结，我对过去的惭愧以及对未来生活的想象都蕴含在这小小的麦粒当中。我每天来到麦田，看见金灿灿的麦子，和它们对话。我和麦子的命运已经密不可分，我曾经也是奶奶口中的'小黄麦子'啊。"托哈什把手上的一把麦子放进嘴里嚼，他干裂的嘴唇边儿流出像牛奶一样的白色麦汁。

"你相信吗？我经常在麦田里看到我的奶奶和妈妈……"

我点头，我相信。

"那年，我们队用收割机筛麦子，我负责把捆好的麦子解开，拿掉树枝、石头等杂质，再把麦子送进收割机里。那次，收麦子任务重，大家都忙得不可开交，不敢有一丝马虎和放松。我站在收割机旁的位置很重要，也有一定的风险。麦子要是没放好，整个机子都会被卡住；或者没拾干净树枝或小石头等杂物，收割机也会停止工作。大队就一台收割机，大家都要小心翼翼。当时，我正要解开扔在我面前的麦捆，抬头看见被分割出来的麦子金灿灿的，特别壮观，我好像看见了过世的奶奶和妈妈，亲人们，原谅我，带给你们无尽的伤害，我一直痛恨你们。甚至你们去世时，我也没对你们说过一句人话。我好后悔啊，我让最亲的人一直活在痛苦和埋怨中，自己也受尽折磨，我痛哭流涕，突然，我眼前一片模糊，一个巨大的怪物在拉我的手，我神志不清，等我被救下来时，收割机已经卷走了我的右胳膊……”

托哈什用左手托起空荡荡的右袖子。

“从儿时起，我和这金灿灿的麦子就有着不解之缘，我曾用火柴点燃了麦田，让麦子在大火中枯萎……也许是老天爷生气了，想给我一个警告，惩罚我糟蹋了粮食，糟蹋了金麦子……”他往后甩了甩空袖子，朝麦田望去。

“其实，我是为了奶奶和妈妈才每年都种麦子，因为在金色的麦浪中可以看见她们的脸，可以感觉到她们在麦田里看着我，你看到了吗？”

我没做声，只是望向那片金色的麦田，炎炎夏日，麦田静静地凝视着我们，似乎在默默地唱着那首悲伤的歌……

下着流星雨的小山坡

不会吧，是那个长角山羊凑到我脸上来了吗？本来睡得好好的，被这烦人的东西给弄醒了，希望黑头苍蝇咬坏你鼻子，叫你再跑到我头上来撒野。

昨天，这贪吃的家伙竟把客人随手放在一边的马鞍、袋子和皮子啃了一遍，害得我在客人面前丢尽了脸，只好把自个儿的马鞍、袋子卸下来给客人。后来，当我抱着一大捆草料进羊圈时，鬼东西竟然馋得屁颠屁颠跟过来，那样子像极了笑眯眯的人脸。

毡房穹顶的孔洞看着特别像星星，一个、两个、三个、四个、五个、六个，形状也像极了星星。有句话怎么说的："天上的星星数不清，启明星却只有一个。"这两天，孩子妈犯牙疼，哼唧了一晚，现在好多了。民间有个说法，牙疼时，抓个麻雀把头和内脏全去掉，再将鸟肉生贴到疼的地方，立即见效。我想用这个偏方，她不愿意，觉得杀死一只鸟太残忍了。她说小时候听民歌里唱："我的名字叫小麻雀，身上瘦巴巴没几块肉，父亲上战场，母亲也去世了，从此，我成了孤儿……"对了，刚那辆外地车怎么陷到沼泽里去的，边上就是好好的柏油路。那些从车上下来的人还问我："如果用你的马把车拖出来，多少钱？"这话问的，他们的车陷在沼泽地里，够倒霉的，我帮忙是应该的，怎么好意思还问他们要钱……

看看毡房穹盖儿翘起来，仿佛刻意折成的三角形，露出的那片天空像极了三角形的图玛尔[1]，边角上有颗星星，仿佛图玛尔穿绳子的小洞。说到辟邪，我给女儿做图玛尔，结果她根本不戴，她妈妈完全可以把图玛尔别在衣服衬里。哎，算了，我还是早点去睡吧。这两天，我怎么养成在半夜醒来就开始睡不着的坏习惯。夜深了，人睡了，牲畜也睡了。呼吸声长而重些的是孩子妈，轻而短促的呼吸声是女儿。再细细听，远些传来花牛的声音，咋说，也是头年年怀犊子的高产母牛。它发出轻轻的呼唤，周围黑压压的一片都是它的孩子。每回，花牛产下健康的小牛犊，都会给我家带来福气！孩子妈高兴，越发觉得不能亏待花牛，每回都喂它上好的草料。

广播上说天气晴好，希望在撒播完种子前，老天爷脾气能一直好。去年我家麦子丰收，把孩子妈乐坏了，她就是这样一个不会隐藏的人。上小学的女儿被评为全校优秀学生，孩子妈高兴得流眼泪，把女儿抱得紧紧的，不停地亲吻孩子的脸蛋，可怜一颗母亲的心。她还给前来贺喜的邻居们宰了一头羊，得到众人的祝福，大家一起唱歌、跳舞直到天亮。说到唱歌，如果人在梦里唱歌会怎样？村里的巴黑老婆子曾说过："梦到牛奶，老天会下雪；梦到唱歌，那老天会刮风。"昨夜我梦到唱歌，今晚会不会刮风？哎，最好别刮风，前几年那场大风，把地里的种子一颗不落地全吹走。哎，风，这场风，听说要把巴沙尔赶下台，他今晚也睡不着吧。我啊，还是安心睡吧，尽想些不着边际的事儿。要不出去方便一下再回来睡，哦，这门推一下就吱吱作响，别把老婆孩子给吵醒了。我走出门，整个山坡在星光照耀下分外美丽，夜空晴朗，漫天星星，再细细观察，感觉飞飞扬扬，仿佛撒了一层薄薄的雪花。说起雪花，我想起那年雪灾，如果不是我们及时发现，那个做生意的小伙子可能早就被冻死了。他还真幸运，幸亏我家的小狗莫依纳克发现了他，狗儿一直朝着大

① 图玛尔：哈萨克人为辟邪用的三角形挂坠，挂在脖子上保佑携带者健康平安。

路的方向吠叫，一会儿又跑到窗户边儿叫几声，再朝着那边叫，好像在告诉我们什么。如果是狼，它也不会这样叫。肯定有什么事儿，我穿好衣服出门，跟着狗儿发现了躺在路边的小伙子，可怜的人冻得快不行了，我用刀割开他结冰的衣服，不断用白雪擦他的身子，又宰了我家唯一的骆驼，用它肚子里还未被消化的草料抹在小伙子冻坏的皮肤上——果然，这个祖上传下来的法子很有用，小伙子不用截肢，也没损坏皮肤，完全恢复了。后来，连医生也赞叹道："幸亏冻伤处理及时，否则，冻成这样，人的身体会腐烂，也不可能完全恢复。"记得，当晚我要宰骆驼时，孩子妈极力反对，还抢我手上的刀。她反对是有充足的理由的，毕竟，我要宰杀的是我家转场时唯一的骆驼。我大声训斥了她，也许伤了她的心，从那时起，她好长时间都一副闷闷不乐的样子。可你想想，眼看那个小伙子快要被冻死了，虽说我也舍不得健硕的骆驼，但人命关天啊。后来，小伙子感谢我们救命之恩，想用一万元赔偿骆驼。我没有收，我告诉他：那晚，你也算是上天安排到我家的客人，哈萨克人祖祖辈辈从没要过客人一分钱。我把钱退回去，小伙子只好收下。过了三天，他又来了，这次，是他媳妇儿要求一定要把骆驼钱给我们。我真的不想他回报什么，但为了让他好受点，我拿了六千元钱。我觉得，小伙子是我家的客人，在那样一个冰天雪地的夜晚渴望避难的客人……

眼前的山坡上有块黑乎乎的地方，周围被铁丝围起来，用来保护中间那块像被烧焦的大圆石头。听说是从天上掉下来的陨石，铁丝网上挂了个牌子，标着"来自星星的客人"，看石头是收费的。我想，星星上究竟会有什么？能有这么大石头，会不会有土地和人类？谁也想象不到那样亮晶晶的星空上会有如此黑乎乎的石头。星星，星星，对了，邻居家的女儿名字叫朱丽都孜，也就是"星星"的意思。这孩子有出息，考上大学了。可这个喜讯我们却是从村里其他人那里听说的，邻居家离我们那么近，却没对我们报喜讯，是不是以为我家不会替他们高兴？孩子们有福，我们怎能不高兴呢？也不知邻居是怎么想的。还有，家里的小黑牛，眼睛上好像长了个疖子，总在流泪。当年，巴代克老人健在时，他会用火烧硬币翻开牛的眼睛，再用刀挖出疖子，往伤口撒些白糖或松树的粉末，不出两天就好了。对了，那个年轻兽医啥时候能来一趟？到了给牲畜打疫苗和接种的时间了。

毡房的穹顶盖也该换换了，快成"四十个破洞"了。现在的人大都用帆布盖，我还是觉得毛毡子好，冬暖夏凉，多科学啊！看，夜空静静的，让人禁不住一看再看，令人幻想。无风的夜晚，天空愈发深蓝，镶嵌其中的星星一闪一闪，引起人们的无穷遐想。星星上有什么？听说星星也和地球一样有人类居住，还有神奇的飞碟。眼前这么多星星，哪颗星星上有人呢？他们在做什么？他们会不会放羊和耕地？他们地里的玉米和麦子种会不会也被风吹走，再折腾着重新播种呢？……

对了，大哥没有理由生气啊，我给他一头牛送亲家当彩礼，还想要什么呢？难道想要一匹马？……看哪，天空闪烁的启明星和北斗星，它们是白骏马和青枣马，哪个是哪个呢？……现在的小偷没人性到家了，偷马就偷马吧，竟然剥去马皮，留下四肢插在地上，把漂亮的马头朝着我家的方向摆好，把马内脏掏空，剩下的全部拿走。按照传统，我把马头挂在高高的白杨树上以示尊敬。我家的黑走马就这样被偷走了。说到黑走马，我也该好好学一下怎么跳好哈萨克传统舞蹈"黑走马"了。整个村里，就我一个人不会跳，每回遇到婚宴上的女人邀请跳舞时，我总是因为不会跳舞而失去和那些女人接触的机会。跳舞的女人很美，她们的眼睛总在笑，像星星一样闪烁，让人不能直视。真是，我都想到哪儿去了？跳舞多了也不行，听说民政局的小伙子就是舞跳得好，还很胆大，只要看见有几分姿色的女人，他肯定寸步不离地黏着人家，甚至会小跑着追赶被吓跑的女人，真丢人啊！听说，凡是和他有些接触的女人都会顺理成章地变成“低保户”……

说了这么多，我也该睡了，我这是干吗啊？深更半夜不睡觉，一个人晃荡，像从坟墓里爬出来的鬼魂一样吓人。

不过，我那可怜的黑走马啊，在它还是小马驹时就跑得很快，见到的人都禁不住赞叹：“一看就是好马，跑得那么快！”村里的驯马老人胡德斯也说过：“这匹小马驹将来肯定是一匹快马，不过，要小心人家的毒眼，夸的人多了不是什么好事儿。还是到村头的泉眼里拾七颗小黑石，做个小图玛尔挂在马鬃上。”我照着老人的话，给心爱的黑走马配了一个图玛尔辟邪，后来，不知怎么就找不到那些石子儿了，也许小偷们宰杀它时弄掉了，总之，辟邪的图玛尔不见了。

平时，当月亮升空时，小山坡会被照得发亮发白。今夜却不亮，山包黑乎乎的，就像小偷们偷马的那夜。他们为了嘲笑我这个老实人，竟然有心思摆好马的四肢，马头还朝着我家方向。漂亮的马头，依旧耳朵挺立，马鬃竖着，哎，有灵性的生灵。有颗星星划过天空落在山坡那面了。还有一颗星星扑闪着落在了马鬃上……

天变凉了，我还是进屋吧。毡房的小门被推开时发出牛叫一样的声音。千万别把母女俩吵醒了，老婆子的牙疼好多了，她们睡得还挺香的。等秋天到时，得把牛圈的横梁重新整修一下，中间的梁快断了，要是赶上下大雪，肯定会被压塌。你说，那些滑落在山坡上的星星和我从泉眼里找到的黑石头一样神奇吗？

我想，滑落的星星是地球的客人，那些筑巢的燕子也是客人。燕子飞去哪儿了？或许在休息吧，记得那天，有一对燕子从毡房的天穹飞进飞出，筑巢安家，还孵出了小燕子。我们不好赶走它们，更不敢破坏它们辛辛苦苦安好的“家”。为了燕子的小家，我们家就不能按照往年的时间拆掉毡房去冬牧场，只能晚些再转场了，小燕子会飞也得到六月中旬了吧。我的女儿也在长大，她能努力学习，继续当优秀生该多好啊……

哎呀，这头爱笑的山羊，又跑到我这儿了，它望着饲料奔跑的模样像极了哪个人的笑脸，哦，像那个民政局的小伙子，还是村长？哎呀，还真有点像，这样的话，真有些麻烦，不，不能啊，不是这样的……

明月飘逸时

为什么？怎么会这样？

白斑牛摔倒在冰上，伤了腿。我和父亲只好把它放在马车上送去屠宰场，在那里，我看到动物的血和内脏混杂一片，墙上挂满了一排排的尖挂钩。天啊，从它还是小牛犊时，我就开始喂养和训练它，几年来，我和白斑牛一起去上学，一起放学回家，直到它长大，我还喜欢趴在牛背上。想到这些，我的心就会猛地抽一下。好长一段时间，我都没法从这件伤心事中走出来。

黑夜，我躺在皑皑白雪上，脑海里回忆起屠宰场那一排排的铁钩，像极了问号。仰天看夜空，北斗七星映入眼帘，形状仿佛一个大写的问号。就像给马烙印一样，我的世界也被一个个闪烁的问号占据。

天空中会有多少个“问号”呢？

我躺在离家很近的雪地上，一动不动地盯着星空，我用眼睛划分出像和不像问号形状的星星，乐在其中。每天傍晚，我把回归的牛羊放进圈里。当天空下起像细砂糖一样干净透明的白雪时，我就会来到这儿。夜空浩瀚而神秘，充满了未知，大小不一的星星，银河的缎带时隐时现，鱼鳞般排列的云朵仿佛一条河，托着月亮在游动，此时的夜空，在我看来是如此地迷人。对我这样躺在雪地上的行为，父母刚开始是极力反对的：“你会受凉的，该吃饭了，不要在晚上出门，一个人躺在野地上。”我不太在意，也许是说了也没什么效果，渐渐地，他们也不反对了。

后来，我一直感觉到那些夜空中的“问号”铁钩子好像挂在我身上的某个部位。村里的老人说：“仔细盯着月亮，你会发现有一个驼背的老太婆在上面走动。”不过，月亮穿行在云朵之上时，我却会从飘逸的银月上看到一个姑娘……

我家位于离镇上大概十几公里的沙地上，是冬牧场唯一的人家。每天一大早，我骑着白斑牛去上学。黄昏回家时，我会看见这样一幅画面：寒冷的雪天，羊群周身发出咝儿咝儿声，踏着冰冻的雪发出踏踏声，厚雪已经掩埋到羊的肚子，父亲骑着一匹衰老的马，尽管穿着厚厚的毛毡靴子，脚踩马镫，依旧挡不住寒冷。父亲还戴着狐狸皮帽子，又戴了一层风帽，长鞭子无力地耷拉着。疲惫的父亲刚到家门口，我赶紧喝两口奶茶，帮着喂牛羊。我把牛群关进牛棚，把羊群赶到圈里时，天色也开始迎接星光闪闪的夜晚。银月悬在夜空中，皎洁的月光泻了一地，地面的雪好像在和谁做游戏一样不停闪着银光，这样一个草原冬夜，是我自记事起最喜爱的夜晚。当厌倦了跟在羊群后的日子，常年身受寒冷的父亲，身上的毛病也多了，他踉跄着开门进屋，我则会一个人留在屋外。对我早已习惯的家人除了吃饭时叫我，其他时间几乎不用管我。

这是一个充满神秘、想象力的朦胧月夜，我仰面躺在没有被牛羊、人群踩过的皑皑白雪上，银河看着有些模糊，所有的星星从遥远的夜空望向地面，对我这个躺在小小角落的人影也看累了吧，它们眨巴着眼睛。夜晚的主人——弯弯明月高高在上，不畏严寒，将她的银光慷慨地洒向整个雪原。河面传来冰裂开的声响，还有沙狐的叫声，月下孤零零的冬牧场静静地聆听着一切，山峰隐没在团团深黛色中，中间是一大片绿色的林荫，远远地可以看见祖辈安息的黑沙堆。月光照耀下的白雪仿佛和天上的星星在无声地交流，雪花银光耀眼。夜晚刺骨的寒冷只要还能让人承受，这种冬日的夜空是最干净和清澈的。

有时，我会爬上屋后的土坡，看见我家屋子小小的后窗，在寒冷的夜空中发出微弱的紫光，好像半闭的眼睛，孤零零地审视着月下朦胧的世界，在严寒的冬日显得格外冷清。这一切都让我想起父亲身体的一些老毛病，想到父亲受到这些疾病的折磨，我心里就分外难受。远离喧嚣的城市，远离人群，这个孤寂的夜晚，让大雪覆盖的冬牧场显得格外荒凉。这里，几乎见不到人影，偶尔，有客人来到我家借宿，是我最开心的日子。我会欢天喜地跑去给客人的马喝水、喂草，牵到温暖的地方休息，不像往常那样在外晃，而是会待在家里帮着招待客人。父亲也会卷起厚皮袄，斜靠上去，愉快地和客人聊天。世上还会有像我们这样小小的、不起眼的小窝吗？就在此刻，还有谁能和我一样仰躺在洁白的雪地上望着天上的明月？我们这种日子又会让哪个人想起？种种疑虑升上脑海，像极了挂在墙上的铁钩，一个个问号布满了眼前的夜空。

那一刻，我会被一种悲悯感动得想哭。也因为这种感觉，躺在雪地上的我想把这个世界，完全放松的一刻、单纯的一刻全都揽入胸怀印入脑海，不让它流失。啊，大自然，神奇的、圣洁的月光，真想把你那纯洁无瑕的光揽入我的胸怀，不愿洒漏一丁点儿。曲折的人生，艰苦的生活，让少年的我过早承担起太多重负，思虑也多，就像孤独的小屋天窗，那一刻，真想用圣洁的月光洗净我心头的忧愁。

母亲总是教导我们：“不能用手指着月亮，不能直视月亮！”

“为什么？”我问。

“月亮里住着一位神婆婆，如果你用手指着她，她会生气的，对那些直视的人，她会数那些人的眼睫毛，数对了，就会把那个人的魂带走。”听到母亲的解释，我联想到那些浮现在脑海的铁钩样子的“问号”，它们恐怕就是那个神婆婆的工具。

我暗下决心，永远不会用手指月亮。她生气也是应该的，别说住在月亮里的神婆婆，就说行走在地上的人们，如果你用手指向那些年龄稍长的人，也会被认为没有礼貌、缺乏教养。说到直视月亮，让我想不通的是：哎，在这个巴掌大的地方，既然住在月亮上的是神人的话，那怎么没察觉到我经常盯着月亮看呢？说着说着，我注意到月亮上似乎逐渐显现出人像，看着看着，可以看到一个拄着拐杖的驼背老婆婆和月亮一起追赶着什么，再想仔细看清楚些，会感到眼神模糊，就像透过白色水帘一样。月亮上也有一个“问号”……

当一弯新月出来时，父亲总会祈祷：“看到月亮，看到平安，铭记昨日的月亮，愿新月带来新的祝福！”那一刻，月亮的形状就像铁钩。每回当我坐在树林的河岸边或者白桦林的山泉处时，我会偷偷拿出母亲的小针或铁币，用火烧一下，弯成鱼钩的形状，好用来钓鱼。要是找不到那么多针，我就拿来家里的铁勺或铁丝来烧。一些大鱼上钩挣扎时，就会把细小的鱼钩拉直而后溜走。新月的形状像极了鱼钩……

是的，多好啊，只是，我向月亮伸出的想象的手指还是会被现实抽回来。“哎呀，孩子，不吃饭在外干啥呢？明天还要上学，早点睡觉啊！”母亲呼唤的声音传来，她总是会为找我费时力，我也知道自己因为沉浸在想象的世界里没听到母亲的声音。当我收回想象站起来时，我注意到自己刚刚躺过的地方，白雪已经融化，陷进去成为一个坑。

吃晚饭时，我的胃口不是很好，“孩子，你是不是哪儿不舒服？”父母关切地问我，我只是默默地摇了摇头，爬上了床。我用被子蒙住了头，眼前晃过圆圆的月亮急速穿过云层，白得发光，然后，月亮用她的“尖钩”把我拉向天空……

月亮的光穿过云层间的窟窿，发出一道道光束，我赶紧抓住一道光束。我用双手紧紧抓住，像蜘蛛一样往上爬。过了一会儿，我感觉到身体很沉，似乎有人压着我的双肩，不让我往上爬。也许有人嫉妒我要爬上月亮。不不，是月亮要拉我上去。我一下子被这突如其来的阻力挡住，感到恼火，我喊叫着，挣扎着，却发不出任何声音，我被困住却摆脱不了……

最后，我似乎双脚落地了。我睁开双眼，屋子里充斥着烧松枝和芦苇的味儿，我的头枕在父亲的膝盖上，母亲不停地叫着我的乳名：“达木勒！达木勒！”一手握紧我的手，一手揉着我的额头。我心想，原来是他们拉着我，不让我去月亮上。

周围一片嘈杂声：

“孩子啊，你这是咋了，别害怕，我们都在你身边。”

“孩子中邪了，被月亮吓着了！”

“你还记得吗？这孩子还是个婴儿时，有一回，因为受惊哭个不停，我们把溶化的白矾倒入水中，放在摇篮前方，显现的就是月亮的影子，当时用布包起来的白矾还放在那个箱子里呢。”①

“是这样啊！”

“啊呀，昨晚要是我早些知道这孩子病了，会提前用家里的花毡给他拍打拍打，去去邪气，再让他进屋，哎，我咋就没注意到孩子病了。”

……

早些年，父亲还小的时候，跑进名为恰勒波力森的富人院里，

---

① 哈萨克民间流传的治疗婴儿惊厥的一种疗法，当婴儿受惊时，把溶化的白矾倒入水中，再放在摇篮前方，就会驱赶困扰婴儿的阴影。

爬上一棵大树，想把树上的枯枝砍下来当柴烧，结果从树上摔下来，昏迷不醒。幸好，有个守夜的人路过，把他背了回来。当时，家族里的大婶婶没让他进屋，而是找到一块鞋垫大小的破旧花毡，用火点燃，用燃烧的花毡，把父亲全身上下拍打了好几次。

我听到母亲正和周围的人讲着那个古老的法子。

……啊呀，我没被月亮吓着，打我记事以来，我并不觉得月亮在盯着我看，是我自己喜欢看月亮。慈爱的父亲，亲爱的母亲，请不要破坏月亮的形象。如果从溶化的白矾水中真的显现出月亮的影子，那也是我的心愿和梦想啊，那是月亮的模样。请不要把那个白矾包起来藏在箱子的一角，还不如做个平安坠挂在我胸前，请求你们了。

那一刻，只有我的心在说话，我想用尽力气喊出我的这些心声，但根本发不出任何声音。他们为啥会把恐惧推给月亮？为啥说我病了……为什么？……为什么？……

原来，不仅在天空，地面上的生命也充满太多问号……我的心声，只在银月当空的世界里飘移，自由自在地飘逸……

疯狂的石头

这一天，赛力克把戴有“杰楞哈甫”[①]的母山羊和它的双生羔一并牵到了后坡上吃草，在往回走的时候一不留神被什么东西绊了一下，仔细一瞧，草皮下露出一块青色的大石头，看起来时间久远。反正也是空手回去，赛力克就把石头抱回了家，随手扔在大门口。没想到在院子里打馕的老婆萨丽哈进来时被绊了一下，差点儿摔倒。

“哎呦，老天啊，这是什么东西，我的脚啊，疼死了。”

听到女人的叫骂声，正在卷烟的赛力克蒙着头嘟囔了一声：“是我，我从坡上抱过来的石头。”

“什么，有出息了，怎么捡石头呢，尽会整没用的。”

“回来路上看到的，和别的石头不太一样，就拿回来了嘛！”

“原来是你找来的宝石啊，哎呦，做美梦去吧，整天就知道抽你的烟，搞得到处都乌烟瘴气，你认玉吗？玉石能躺在草堆里吗？去，把那挡路的石头扔掉。”

女人的气还没撒完呢，邻居家的小伙子推开大门进来了：“赛大哥，您在家呢？”还没等主人招呼，小伙子口若悬河地说开了，“我瞧着，怎么，您是让嫂子跳舞，自个儿在一边儿欣赏呢。”

“哼，还跳舞呢，他是想让我把腿摔断了才好欣赏呢。”

萨丽哈狠狠地剜了自个儿丈夫一眼，一瘸一拐地进了屋子。

---

① 杰楞哈甫：哈萨克语中为防止小羊吃奶特为母羊用布或毡缝制的“乳袋”。

小伙子走过去仔细瞅了瞅放在门口的石头："赛大哥，您从哪儿找到的，是不是玉石啊！"赛力克却像做错事的孩子，一声不吭地坐在那儿，低头继续抽烟，小伙子凑过去，要了根烟，继续说道："还真看不出来，赛大哥，您还有寻宝的本事哪。"萨丽哈听到后，大声说道："啥玉石啊，真要是宝贝，能随便找到？这就是块破石头，就该在垃圾堆里躺着。"

"哎呀，嫂子，你怎么就看不出来，这明明是块宝贝石头。"小伙子急得一下子站了起来。

"哦呦，上次你们几个说我家枣红马产下的小马驹绝对是匹会走舞步的骏马，哄着我们给你们摆了一次喜宴，今天，又想故伎重演，骗我们家老头儿再给你们摆一桌？"

"嫂子，我说的是真的。"小伙子用大拇指搓了搓石头上的泥，吐了几口口水，仔细擦去泥巴，"看，这上面的蓝色，这可不是随便哪个石头就有的，这是玉石，是宝贝啊！你们俩要是认石头的话，我也不会站在这儿。赛大哥，您还记得吧，上次城里来的那个玩石头的老板（人们对玉石商人的叫法），他租了我的马，我和他一起去找玉石，当时他们找的就是这样带蓝色的石头。要不这样，你们把这石头卖给我，我给五百块。"

萨丽哈的小眼睛转动了一下，扑哧一笑出声来，她不动声色地收拾手里的活儿。赛力克却是激动地问道："你说真的？你想买下来？"听到丈夫的回话，萨丽哈放下手中的活儿，盯着小伙子说："既然这石头是个宝贝，我们自己也可以找老板去卖。就别随便把宝石放在门口，我刚被碰了脚，说的都是气话。"她边说边从里屋拿出水壶和抹布，"你们俩也别傻站着，好好洗洗这石头，看它脏兮兮的，老板怎么能看上？"赛力克和邻家小伙子看到女人一百八十度的变化，赶紧开始清洗石头，不一会儿工夫，一块漂亮的石头便被萨丽哈摆放在了茶几上。

从那天起，“赛力克家找到宝石了”的消息就在村里炸开了，甚至周围的几个村也在流传赛力克找到玉石的消息。为了一睹“宝石”的风采，从邻居到村里的老老少少，都跑过来看赛力克家的“宝石”，连平时不打招呼的同村人都来了。人们好奇地盯着“宝石”，嘴里发出啧啧的声音，左摸摸，右摸摸，甚至拿手电筒往石头透光。他们的眼睛显示着孩子般的惊奇，也透露出暗暗的嫉妒心。老人们摸着发白的胡须，点头称赞：“嗯，是孩子们的福气到了，好运到了，好事儿啊！”亲戚们还给孩子们发糖果和红包，几个邻居家的女人起劲地喊道：“赛力克两口子发财了，一定要摆一桌宴请我们几个邻居才像话，否则，我们不会放过赛力克家的。”没办法，赛力克家宰了一只羊，特意宴请了周围的几个邻居，大家喜气洋洋地坐在一起，恭贺赛力克家交了好运。

村子里有几个经常找玉石，也算是玩玉石的小伙子。他们给赛力克两口子出主意：“赛大哥，嫂子，这块石头应该好好洗洗，现在这个脏样子，会影响卖出的价格，我们一起想办法把石头上的点点去掉，抹上一层油，显得亮亮的，到时，老板们见了才喜欢呢。”萨丽哈一听，急切地问道：“那，石头上的点点怎么才能洗掉，又咋抹油呢？”有个叫塔斯肯的小伙子提议：“一般的法子肯定不行，听说有专门洗石头的肥皂，不知从哪儿能买到，这种皂也不是随便能找到的。再说，洗石头也麻烦得很，要用洗洁精搓着洗，绝不能用‘84’消毒液，要用刷子刷一刷，实在不行，再用汽油抹一遍，之后用菜籽油上油，最后用旧的人造革包两天，肯定能把石头变得油亮油亮的。”萨丽哈低头抚摸着手上的银镯子，似乎在下决心似的，睁大那双栗色的眼睛：“大兄弟，你们说，这石头到底能卖多少钱？”塔斯肯为首的几个年轻人相互望了望，慢慢地回答：“石头也要分好多种类，按成色来说价格都不等，要是真的玉石，像这样的，能出一百万呢。”萨丽哈用手托起尖尖的下巴，指了指自个儿的丈夫：“你们赛大哥他这辈子就是个老实人，还算老天眷顾这个可怜的人，给他带来一块玉石，他整天白吃白喝的，还捡了个大便宜，不像那些整天辛辛苦苦挖石头的人。至于石头怎样才能卖出个好价钱，你们几个机灵鬼得给我们出主意，等石头卖了大钱，嫂子也不会亏待你们的。”塔斯肯一听这话，激动地说：“嫂子，我还真认识一个大老板，最近因为一笔大生意去内地了，附近这些跑石头生意的都听他的，等大老板从内地回来，我亲自把他领到您家来看看。”萨丽哈喜笑颜开，双手抓住比自己年龄还小些的塔斯肯：“哎呦，我的大兄弟，真是太好了，你的大恩大德我们两世都不会忘记的，希望那个大老板早点回来。”

接下来的日子，萨丽哈和赛力克忙活了几天，不仅把石头洗得干干净净，还上了油，石头被他们拾掇得干净漂亮。

“赛力克家找到宝石了”的消息被传得沸沸扬扬，特别是那些喜欢玩石头的人得知后纷纷登门拜访，想一睹石头的风采。一时间，赛力克家的门口挤满了各式各样的小汽车、摩托车，甚是热闹。只是，人们都是看看，没有一个出高价来买走。有的出价又有些低。萨丽哈夫妇不懂石头的真正价值，又觉得不能卖太便宜了。有些人过来看石头，认为一文不值，萨丽哈没听进去，反而认为是这些人把钱看得比命还重要，小气得不愿出大价钱罢了。“宝石”接受着各色人群的“瞻仰”，一阵阵热闹过后，“宝石”依旧没被人买走，一动不动地看着赛力克夫妇俩。可怜的萨丽哈天天像念经一样地念叨：“哎呀呀，塔斯肯说的那个大老板到底啥时候来啊?”老实的赛力克只能低语：“嗯，那个，谁知道啊!”萨丽哈一听就来气儿：“你呀，就是个穷鬼的命，就不会说句好话?”赛力克猛抽着烟：“我咋知道呢，那个，大老板啥时候来？”萨丽哈一把夺过丈夫手中的烟：“再别抽了，唉声叹气有啥用，挺起胸，抬起头，像个男人一样，别跟斗败的公鸡一样垂头丧气，我们不比别人矮一截子。那个暴发户哈特什平日里下巴颏儿快翘到天上去了，每逢村里办喜事或丧事的时候，她连招呼都不会打。可是就在昨天，她竟然亲自跑过来送贺喜的糖果，恭喜我家要发大财了。”正当萨丽哈说得带劲儿时，听到有人在敲大门，“会不会是大老板啊！赛力克，快去开门。”进门来的却是村里的一个小伙子，他很有礼貌地和赛力克夫妇问候，开口道：“大哥，嫂子，我打算给过世的母亲办年祭，去年老人家去世后，头七祭、四十天祭日多亏你们俩帮助，办得很顺利，今年的年祭也真心希望你们能再次帮我们。”老实巴交的赛力克刚要张口答应，没料到被老婆拦住了，萨丽哈客气地回绝了来客的请求：“兄弟啊，我们这个村，大大小小婚事丧事我们都去帮过忙，所以无论是活人还是死人都对我们很满意。如今，我们也老了，身体不如从前，手脚也不利索了，还请你和你的家人不要见怪，我们帮不上什么忙了。”小伙子只好回去了。

这么多年，赛力克夫妇就是靠着一双手过日子，凡是遇到村里有婚丧嫁娶的大事，他们俩都去帮忙。他们天没亮就赶往别人家，赛力克宰牲畜，煮一大锅肉，准备一个个肉盘；萨丽哈做包尔萨克（哈萨克传统油炸面食），烧一壶接一壶的奶茶，直到天黑，还要洗好成堆的碗盆，一一摆好。辛苦一整天，只能收点儿布料、剩下的熟肉什么的摸黑回家。今天，是萨丽哈第一次拒绝同村人。萨丽哈看着丈夫不知所措地站在那里：“赛力克，以前，我们俩成天到晚地给别人家烧火、做饭、收拾残余，没白天没黑夜的，辛苦不说，还总觉得低人一等。如今，老天保佑，让你捡到能带来财运的石头，我们也可以像别人那样挺胸做人了。以后，我们再也别去干那低人一头的差事了，别再随便答应帮忙。”萨丽哈一点一点地给丈夫灌输她认为正确的道理。

“宝石”给赛力克夫妇俩的生活带来前所未有的变化，慢慢地渗透他们的思想和日常生活。

现在，只要从远处看见豪华轿车，萨丽哈就会耸耸肩得意起来：“哎呦喂，看看，又是到我家看宝石的老板来了，我得赶紧招呼人家去。”以前那个爱到邻居家串门喝茶，一坐就是一下午的萨丽哈，现在都没时间和邻居打招呼。连平日里走得近的几个家境差不多的好姐妹家，她都不去了。上次，萨丽哈给邻居们摆喜宴，邻家大姐帮忙倒茶、招待客人，忙上忙下，萨丽哈却转眼不怎么理会人家了，邻家大姐也没再来她家。而萨丽哈却认为：“我和邻家大姐的交情已经过去了，那是以前，大家都是穷邻居，现如今，我家马上要发大财了，她能跟我们家比吗？我怎么能再和她来往呢？”而且，萨丽哈已经不愿意村里人来看石头，她关起大门：“我们家又不是在开展览会，大家都别来了。”萨丽哈只欢迎坐小车的大老板。

再说说赛力克，平时一个老实巴交的人，现在看人的眼睛也有些飘了。他在村头小商店喝酒时，给同村的小伙子们吹嘘：“你们不知道，在家里摆的那块石头是小的，我找到一块大的，藏在山里了，等先把小的卖掉，我再去把大石头搬回来。只要卖掉宝石，我一定会给全村人摆宴席，我还要给村里人发无利息贷款，我还要做好多事……”常拿他开涮的几个人，多少被赛力克的“豪言壮语”给唬住了，他们将信将疑，不再像以前那样肆意地和赛力克开玩笑。萨丽哈看到丈夫喝高后开始吹牛的样子，非常生气，她好好地教训了他一番，赛力克答应再也不去小商店喝酒了。从此，夫妻俩的心思全都放在了那块“宝石”上。

一夜，夫妻俩正要休息，突然听到有人进来，是两个身强力壮的男子要看石头。夫妻俩感到又惊又怕——他们在睡觉前把大门锁得好好的，这两个人是怎么进来的？天啊，会不会是专门来偷“宝石”的？这天起，夫妇俩开始白天盯着石头，晚上睡觉把石头放在俩人中间，时不时醒来，在黑夜里用手摸一摸石头还在不在，生怕被人偷走。唉，养大几个孩子也没这么辛苦过。偏偏这两天，邻居家唯一的马被盗了，夫妻俩更是心惊胆战，连那么大一匹活马都能偷走，偷不会动的石头岂不是更容易？两口子整夜整夜仿佛躺在荨麻草上被蜇得无法入睡，总觉得半夜有人在挖墙脚，出门一看，是一群被铁链锁着的马，被马棚里的蚊子叮咬得在蹭墙。连风的声音都被他们以为是小偷在锯门。夫妻俩觉得来往的每个人似乎都在冒着妒火地希望“他们的石头一文不值”，甚至可能全村的人都在黑夜中盯着他们，稍有机会就会有人偷走宝石。一个个来观看宝石的人，同时会仔细地观察屋里的一切，包括门窗是否结实。总之，夫妻俩觉得和村里的乡亲们之间出现了一种提防和隔阂。萨丽哈满脑子想着如何对付小偷，她在半夜拽醒熟睡的丈夫，告诉迷糊的丈夫：“把宝石藏在箱子里！”赛力克爬起来，和老婆一起找箱子。家里有几个箱子，一个箱子结实但锁子不行，另一个箱子板子太薄，还有一个箱子太小，要是有个乡里办公室会计放票据那样的铁箱子就好了，买一个又太贵了。突然，萨丽哈想起去世的公公有一个放《古兰经》和书籍的大黄箱子，他们立马跳起来，拉好窗帘，在手电筒的微光下仔细检查门栓，把叠放在箱子上的所有被褥拿开，好不容易找到箱子的钥匙，打开了自从公公去世后就没动过的箱子，把《古兰经》和其他书拿出来放在一个大鞋盒子里，再把石头放进原先放《古兰经》的黄色铁皮箱里，这才安心地睡去。

第二夜，夫妻俩睡得格外香甜，忽然被敲击的声响惊醒。他们马上想到箱子里的石头，急忙开灯，竟然看见那个装有石头的黄色铁皮箱子在地上像一个青蛙一样跳着，后来撞到门上。“我的天啊，我就说，这不是一般的石头，是个有灵气的宝石。”萨丽哈感到心在扑通扑通跳，看着不知所措的丈夫，“发什么呆啊，快把它抓住！”赛力克才回过神儿来，赶紧弯腰抱住了箱子。萨丽哈让丈夫把箱子挪到他们的枕头边儿：“早听说有流动的黄金这样神奇的宝物，这块石头就有这样神奇的力量，我们还是加紧看护吧，不要弄丢宝石。”夫妻俩整晚似睡非睡，时不时醒来摸摸箱子还在不在。天亮了，邻居们提到昨晚有个奇怪的巨响，还以为是地震了，并一再地问他们有没有听到什么动静，夫妻俩硬是什么都没说。一到晚上，萨丽哈就叮嘱：“老公，不要睡过头，别把宝石弄丢了！大老板啥时候来啊……”可怜他俩头晚没睡，白天也得不到休息。一番折腾，两个人筋疲力尽地睡过去了，到了午夜，他们被“砰”的声音惊醒，装宝石的箱子竟然从炕上“跳”下去了。他们赶紧把箱子放好。至此，萨丽哈决定夫妻俩轮流看守宝石。前半夜，萨丽哈瞪大眼睛守夜，丝毫不敢麻痹大意。到了后半夜，轮到赛力克守护，她还是不敢安心睡觉，时不时醒过来拽拽丈夫：“看好了，别睡过去了。”就这样，萨丽哈根本没法儿睡个安稳觉，她一直处于似睡非睡的晕乎状态，似乎听到有人在窗户边说话：“用百元大钞包好那块石头，它就不会再跳了。”夫妻俩认为这是上天给他们的传话，开始凑钱包石头。家里的那点儿钱哪够啊，只好到处去借，还忍痛卖掉了萨丽哈的金耳环和金戒指等首饰，这些首饰还是当年为了和邻居家的那些女人们一比高低，卖掉家里唯一的一匹马换来的。夫妻俩好不容易凑齐足够包石头的钱，还真是，从那天起，石头就没在夜晚“跳”了。夫妻俩总算可以睡个安稳觉了，他们期盼那个大老板能快点来买走宝石。只是大老板没来，催要借款的人先来了，他们只好拿出一些包石头的钱给了那些人。

这一晚，本来是赛力克值班，但赛力克睡着了。等萨丽哈醒来，突然发现放在身旁的箱子不见了，透过月光可以看到大门敞开着，萨丽哈发出惊恐的叫声：“啊呀，我的老天爷啊！我们真是倒大霉了，箱子不见了，这下怎么办，叫我以后咋面对村里的人，真是没法活了，哎呀，眼睁睁地把到手的福运也给丢了啊！”惊醒的赛力克立马跳下炕，从窗外一看，黄色箱子在柏油路上“跳”呢，他激动地喊道：“快看，老婆，装宝石的黄箱子。”萨丽哈听到箱子还在，立刻跑出了院子去追宝石，赛力克看见妻子身上除了胸衣和内裤什么都没穿，赶紧喊：“老婆，你的衣服。”萨丽哈哪顾得了这个，赛力克自己也是只穿着短裤就追出去了。萨丽哈看见装宝石的黄箱子一会儿顺着窄窄的柏油路滚动，一会儿又“跳”起来，她使出吃奶的劲儿追，跨过屋后长满刺的铁栏杆时，顾不得内衣被剐破，也没管身上被铁刺剐伤的伤痕和血迹，她像刚出生时一样，几乎光着身子在路上追那块石头。

村里人都被这突如其来的声音惊醒，他们一个个打开电灯走出家门。在月光下，一个黄箱子在跳动，一个全身透白、两个乳房晃来晃去的光身女人和一个只穿着短裤的男人在后面追。村里人认出是赛力克夫妻俩，他们中大部分人别过脸赶紧走开了，但也有人则盯着女人的身子发呆。萨丽哈终于追上了箱子，她抱着失而复得的箱子，不顾丈夫的示意，昂首挺胸，心里只有重新追回福分的高兴劲儿。村里的那些人偷偷看着，直到女人透白的身子走进家门。萨丽哈气喘吁吁地问：“哎呦，总算追回来了，那个大老板到底什么时候来啊？”赛力克没有管石头，他低着头，若有所思，只是从眼角瞟了一下眼前的女人……

第二天，邻居的小伙子总算带来了传说中的大老板。大老板用验光灯把石头里里外外照了个遍，又是看，又是摸，几经仔细查看，最后摇摇头对邻家小伙子说："我不是给你看过真正的玉石吗？这哪是玉，分明就是一文不值的石头，我这么忙，你把我大老远拉来，瞎折腾。"说完就把石头放回箱子，箱子盖没关，石头也不跳了。萨丽哈哭着对丈夫喊道："我说嘛，我们怎么会有玉石的福气，这下，我们怎么见人？"赛力克像个罪人一样低下头，手抖着点烟。"石头不值钱也就算了，你这个叫花子，昨晚为啥没提醒我身上没穿衣服，那会儿你嗓子眼儿让什么给堵了吗？为啥就不叫住我？你叫我以后咋做人？"女人捂住脸，号啕大哭。她的丈夫茫然地看着地面，说不出一句话，只是看着地面……

女人心

自打听说“玛力凯病了”的消息后，她的心神就没静过。为此，她跑了两趟远在街尾的玛力凯家。第一次以探望为名，第二次是以给探病客人倒茶的名义去的。两次探望，她全部的心思都用来偷偷观察玛力凯。只是，她发现玛力凯除了眼窝有点儿陷进去，原先的狐媚劲儿稍稍减了些以外，精神头还是那么足，甚至还泛着点儿红润，还是那么招人，看不出一点儿病的样子。玛力凯依旧用那让所有女人嫉妒的媚态和风姿招呼着来探望她的人们。

“天啊，看看她，哪里能看出生病的样子？这个破烂货，比以前更妖媚，也显得更年轻了……说到生病，谁不会头疼脑热的，不管是高血压、心脏病，还是头疼、睡不着，关节炎啊，贫血什么的，没有谁把这些当个病，大不了说一句‘身体有些不舒服’，然后，照样该干什么还是干什么。如果真说谁病了，差不多意味着得了什么不好治的大病，活不了多长时间了……说这个女人病了，肯定是骗人的，最多是心肌缺血或神经衰弱之类的毛病，这样的病换谁也能说出一两个，照我看啊，她根本就没得病。这个妖精天生就是为了折磨别人、让别人生病而在世的，她自己才不会得病的……”

一想到这些，她的心就像被针扎了一样，怦怦乱跳。唉，玛力凯害她病了多少次，还害得她整天泪流满面，使得她今后半辈子的生活陷入一种痛苦的境地。

唉！还记得她第一次从邻居女人那里听说到那事时仿佛雷轰头顶一样，差点晕厥过去。邻居女人也是她的好朋友，原本就是一个老实本分的人，那几天连着来，每次都是坐坐就走开，明显看得出她想说些啥，可又不忍心说出来的感觉。来来回回好几天，她终于忍不住说了出来："你丈夫和玛力凯早就好上了，还经常在她家过夜……"

从此，她再也没脸面对所有认识她的人。她的丈夫是生产队队长，常以各种理由不回家也是事实。玛力凯的丈夫是兽医，基本上牲畜在哪里他去哪里，常年在外奔波不怎么回家，他俩结婚多年，至今没有孩子。

耻辱和猜疑折磨着她，多少个夜晚她都无法入眠。她下定决心一定要亲眼证实。丈夫去冬牧场巡查，到了该回家的前几天，每到傍晚，她穿上厚衣服，趁着玛力凯去牛圈挤奶的时候，她钻进玛力凯家外屋的柴堆里，等到玛力凯睡着了再回家。直到第三天，夜深了，没有一丁点儿动静，可是玛力凯却没有关灯睡觉。她预感到今夜会发生些什么，玛力凯在等什么人，所以她不能离开，她静静地等着。突然，她听到有人进屋了，那是她最熟悉不过的脚步声！屋里传来了一阵阵玛力凯脆亮的笑声，她感到羞愧和怒气一股脑儿涌上来，她一脚踹开了门，看见自己的丈夫和玛力凯紧紧相拥在一起，还不知廉耻地抚摸着对方的后背。她拿起柴棒子一顿打，没料到，丈夫却一心护着玛力凯，还从她手里夺走了棒子。

"哎呀呀！你，你这个狼心狗肺的家伙，我，我哪点……我全部的过失不就是为你生儿育女吗？啊！哎呀，我的老天爷，老天……你可真是不要脸皮了，我要不是亲眼看见，说啥我也不信呢！"

"不是，你可不要冤枉好人！走，回家去，我们回家再说。"

"你，你这个骚情的母狗！我让你再……"她止不住愤怒，再次冲到玛力凯跟前，却被丈夫死死抱住了，他竟然冲她喊叫：

“不许你碰她一根汗毛！”

此刻，玛力凯倒不知羞耻地发起疯来：

“喂，好女人，你给我听好了。他是我的男人，受不了，你就死在这里好了。你以为谁稀罕他呀，是他自己巴巴儿地找上我的，还说爱我！”玛力凯又转向她的丈夫，“喂，你来说说，当着你老婆的面把你给我说的话再说一遍，说呀，你没这个胆，是不是？你这个发情的公狗！”

玛力凯边喊边揪住她的丈夫……

回到家，丈夫竟然向她提出离婚，本以为自个儿家庭美满、生活幸福的她，顿时觉得世界整个儿翻了个底朝天，她一下子对生活失去了信心，吃不下，睡不着，甚至想到去死。她顺手拿起拴牛犊的绳子，走到漆黑无光的牛圈，却听到孩子的叫声萦绕在耳边。她一下子停住了，手上的绳索掉到了地上，她只好灰心地走出牛圈。过了一会儿，她又拿起锋利的刀子将门反锁起来，眼睛却盯着散落在床上的孩子的衣服，她猛地把刀子扔到了地上。不能这么便宜了那对狗男女，自己死前也要拉他们垫背，先让玛力凯死，然后要丈夫死……但，这些都是白日做梦，她什么也干不了。她只能忍气吞声，为了孩子，为了保住这个家……她也模仿玛力凯开始打扮自己，只是没有什么效果……

有一回，她在干完农活回家的路上，遇见妖艳多姿的玛力凯。那时，玛力凯的丑事已经传开了，她丈夫闹着要离婚，家庭也快要破裂了，玛力凯住在娘家那里。尽管已经“名声在外”，玛力凯却依旧不知廉耻地在她面前搔首弄姿，一副若无其事的样子。见到情敌，她怒不可遏，一下子扑上去。在没有人的荒郊，两个女人撕扯起来，她们掐对方脖子，还抓脸、揪头发，打着打着，开始咬对方的手和胳膊。两人拼尽力气，打得没力气了才各坐一方，气急败坏地怒视着对方。两个女人衣服被撕破了，头发散落着，脸上流着汗，混着一点血和土。两个女人对视了一会儿，气喘吁吁，立刻又像野兽一样嘶喊，开始了对骂：

“你……你这个不要脸的坏女人，你好意思去抢……抢别人的男人，啊！你看看，你那个骚样！”

“你呢……连自己男人都看不住……不会哄，还算……算什么女人啊，嗯？他还是你的男人吗？你不懂……怎样哄男人开心，怎样才……才能抓住男人的心吗？啊？你个倒霉相！”

“男人和公……公牛一样，看见你这么个发情的母牛摇……摇尾巴就会跟上去，骚货！”

“你一副可怜相，倒霉鬼！你还真以为男人需要的就是那点东西吗，啊？难怪你男人看见你就想逃，看你的样儿，你，你活该没男人，死女人！你等着，我不把你怀里被憋坏的男人抢到手，我就不是玛力凯！我偏要抢，就抢你男人，你还能怎样？哈哈，我要让你连男人的味儿都闻不到，哼，咋样，啊？”

“我们是合理合法的夫妻，你算什么东西？啊？”

“哈哈哈，别忘了还有婚姻自由的说法呢！”

“你……你要再敢往我男人身上蹭，我就把你那脑袋上的几根头发，一根根拔下来，呸，不要脸的烂货！”

……

周围的老乡们闻所未闻的这个丑闻传开了，一时闹得沸沸扬扬，直到玛力凯夫妻离婚，她的丈夫也因为名誉受损丢了生产队队长职务，这件事才算告一段落。只是，她发觉自个儿丈夫和那个玛力凯似乎还在来往，对她也越来越冷漠。她想不通，那个女人身上究竟有什么，让自己的丈夫如此执着和痴迷？她听到邻居家老婆婆说过：

“孩子，这种事不好说，说不定那个女人身上有啥魔法，或下了咒语什么的。”难道真像老人家说的那样？想想自己，从来都顺从一切，不惹丈夫生气，像对待孩子一样照顾丈夫的衣食住行。这么多年，她总是心疼丈夫在外不易，只要他回家，她会迎上前去，扶他下马，卸下马鞍，给马喂草料，尽量减少丈夫的辛苦；丈夫离开家时，她都亲自为他鞴马，目送他远去，可他呢……每回想到这些，她都感到心像针扎 样疼。

她请过亲朋好友来劝说丈夫，但没有什么作用；她痛哭流涕，说明道理，苦苦哀求他回心转意，也根本打动不了丈夫；法院儿经调解，都没有什么效果。原来幸福温暖的家，如今变得像一座冷冰冰的坟墓。经常是她抱着小女儿睡一个角落，丈夫却远远地睡在另一个角落。一天夜里，难以入睡的她，忍不住钻进丈夫的被窝里，竟然被他无情地推了出来。她也想和玛力凯的丈夫那样果断和自己的负心汉丈夫一刀两断，但她又担心自己无法养活孩子。他的无情让她无法忍受，她一直嘴上说恨极了丈夫，一旦到关键时候心很快又会软下来。邻居劝她：“你要是实在舍不得他，咋样都可以，就不和他离婚，还要想办法把他从玛力凯的手中夺回来，你要是轻易放手，那不就把他送给玛力凯了吗？她要抢你男人，你一定要坚持不离婚，让那个破烂东西一辈子也别称心。”这儿句话，真是说到她心里去了，也成为了今后她要坚持的方向。

一天傍晚，丈夫使劲抽着莫合烟，一声不吭坐了一会儿，突然起身走出去。她连忙跟了过去，想看看他要去哪儿。只见丈夫头也不回，径直朝着村头那个大家都躲之不及的玛力凯家走去。玛力凯房里的灯就像装睡的老妖婆那样一会儿睁眼一会儿闭眼，随夜风忽闪着微弱的光。丈夫刚进门，她也到了门口，听到他俩在屋里说话，她真想进去但又不敢，她害怕丈夫生气，可又不甘心就这么回家。

正在她犹豫时，丈夫出来了，那个玛力凯亲自送他出来，竟然在门口搂着丈夫，嗔怪道：“我受到那么多责骂，都是为了你，当然，这也不算啥，只要你遵守许下的诺言，我什么也不怕，我是你的，来世还是你的人，你呀，快点儿让她离婚嘛！我开始有些担心了。”

“好了好了，我知道了，说那么多干啥，我会说话算数的。”

躲在暗处的她再也听不下去了，她尽全力扑了过去，又是抓又是撕，发泄了一通之后，她用头撞向土墙。后来也不知道发生了什么，待她醒来时，已躺在自个儿床上，身边坐着邻居女人，丈夫背对着她坐在那边抽着莫合烟。

她躺在床上整整十天，原打算就这样了结一生，但又舍不得丢下唯一的女儿。她感到羞耻难当，自己被别人看成一个被丈夫抛弃的女人。白天，她像犯了过错的人那样，羞于见到什么人，到了夜里，别说睡着，反而会有无数可怕的想法盘旋在心头，让她辗转反侧。从那天起，她变得有些神情恍惚，经常会忘记自己在干什么活儿。有一回，她准备炸“包尔沙克”①，她往锅里倒好油，把火点着后，就开始干别的什么事儿，忘了正在燃烧的油锅，差点把家都烧没了。亲戚们劝她：“他既然对你没有一点儿情义，我们也不要他了，好不好？世上好男人多的是，别再浪费时光了，和他离了吧，你会活得好好的。”但是，她就是听不进去，她咽不下这口气，她不服气，但更重要的还是她舍不得，不愿丈夫和孩子骨肉分离。所以，她需要忍下去，她总觉得自己的一番苦心最终会换来丈夫回心转意。可是，她观察了一段时间，发现丈夫没有发生一丁点儿变化，他一直在和玛力凯偷情……

又过了好长一段时间，她试图忘记仇恨和耻辱，竟然走进玛力凯家，跪在那个女人面前倒苦水，一把鼻涕一把泪地哀求：“玛力凯

① 哈萨克式油果子。

啊，玛力凯，算我求你了！你有什么要求尽管提出来，请你可怜可怜我们母女俩，把我的丈夫还给我吧……”她哭着趴在地上，玛力凯怎么赶她也不走，只好叫来两个她娘家的人，想把她拉出门。奈何她死死抱着门不放手，还对拉她的亲戚说道：“别管我，如果非要拉我出去，我就死在这儿。”亲戚们一看这架势，只好愤愤丢下一句：“放着好日子不过，自己的苦果自己吃吧。”玛力凯又用讽刺挖苦的口气刺激她：“哎哟，真是个可怜虫，做女人怎么没点儿尊严，啊呀，为了一个不爱你的男人，值得这样卑微可怜吗？”见没起一点儿反应，玛力凯又开始吓唬她，到最后，甚至哀求她，都不管用。玛力凯用尽办法也不见效，心生一计，干脆敞开大门出去了。玛力凯以为丢下她一人，她就会灰溜溜自个儿离开。玛力凯想错了，她清楚玛力凯现在是一个人，也没有可以串门的亲戚朋友，过不了多久肯定回家。果不其然，玛力凯在外头转到天黑后就回家了。

“哎，你真想死在这儿吗？”

“是。”

“图啥，就为了你男人？”

“不为他，还能为谁？”

“啊呀呀，撒谎，一派谎言！所有的一切都是为你自己，你真要为了你男人，为什么不让他实现心愿，还他自由？”说着说着，玛力凯竟然走到她身边也跪下了，“世上哪有那么多好事儿，你说对吧？你知不知道，生活中哪有什么爱情，只有书里有美好的爱情吧！我，也不怨你，人都是自私的，我也是……你男人是个好人，真的，你在找对男人这方面还是有福的。我呢，我是个苦命人，老天啊，也不知怎么得罪你了，哎，想做母亲，连个孩子也没怀上，想做女人却没有男人福……成婚那天不见血也成了我的罪过……啊呀呀……”一向高傲的玛力凯哭成了泪人。玛力凯就这样倒出苦水，感到放松了许多，她哽咽着抹去泪水，说道："你呀，心里肯定在说'自找的，活该，让别人哭，也该轮到自个儿尝尝哭的滋味吧'，是不是？你那样想也是应该的，说真的，刚结婚那会儿，我一心一意就想和丈夫恩恩爱爱过一辈子，从来没想过离婚什么的，我坚持着，忍受着。后来，我突然明白了，这世上有很多事情不能勉强，也不能代替。很久以来，我都是自己骗自己，勉强自己，到头来对自己和他都不好。你懂不懂，我看起来一副华丽的模样，实际上，内心却痛苦无比，每回看见别人家和和美美，我心里跟刀割一样，嫉妒的火焰蹿上脑海。时光在流失，我也变得不再那么吸引人，我心急如焚，就这样，我遇到了他，你的男人。说真的，我在他那儿找到短暂的幸福，你要怪就怪我吧，是我错在先，哎呀，我一直渴望他能给我带来一个小生命，一个小肉团团啊！我向上天祈求的不就是一个孩子嘛！算了，要不是为了不欠你女儿的眼泪债，我才不会还你男人，本来，我会把你男人紧紧抓在手心……好了，你回去吧，不该是我的，我也不想强求，以后，你看好自己的男人，再也别让他进我家的门……"玛力凯哽咽着说不了话。

看着玛力凯坐在地上痛苦的模样，她有些心软了。

她刚想安慰一下玛力凯，突然，"走开！"玛力凯大声吼起来，"都把你男人还给你了，你还想要什么？看到我一无所有的狼狈样子，你舒服得很吗你？……"

后来，玛力凯说话算数，讲到做到。丈夫总算又回到她身边了。玛力凯却多年来一直过着单身生活，尽管有不少人给她说媒或提亲，都被她拒绝了。打那以后，她没和玛力凯打过交道。直到她丈夫得了重病，时日不多时，玛力凯和村里几个老大娘一起过来看望。玛力凯主动向她问好，可是她却没有正眼看她，只是动了一下嘴唇就背过身去。按说，那事儿已经过了那么多年，丈夫也是病入膏肓，可她还是心有余悸。她一直盯着玛力凯和丈夫的一举一动，哪怕一个眼神，直到她们离开。丈夫看玛力凯的眼睛有些湿润，等她们，不，确切地说，等玛力凯走后，丈夫哽咽着哭了，最后晕了过去。

丈夫去世头几天，玛力凯还常来她家帮忙。从那以后，她们开始有了交往。刚开始，她对玛力凯还是有些记恨，没有好脸，也不愿与她说话，只是，她自己也不清楚究竟什么原因、什么时候，她和玛力凯搭起话来，还像多年的老朋友一样有了来往。当然，她们之间绝对不会提到那个忌讳的话题。

如今，玛力凯病了，她的脑海里竟然冒出一个不祥的念头，让她坐卧不安。她回忆起那夜，玛力凯对自个儿丈夫说过的“来世还是你的人”那句话，一直萦绕在她耳边。况且，过去常听老人们说起，现世不能成对的有情人，来世可以成双成对……

哎呀，怪不得呢，这个玛力凯明知自己得了不好的病，却还那么精神，原来……其实，她巴不得早去呢……看看她，不像得病，反而像有什么喜事要出远门那样喜上眉梢……甚至，有些着急走……啊呀，咋能不着急呢……她啊，还挺有福气，老天啊，咋就不把她的福气分给我一点儿呢？……

女人特有的嫉妒心再次熊熊燃烧了起来，她恨不得立刻跑到玛力凯家里，把那个装得啥事儿没发生的玛力凯从床上拎起来，再给她闹个翻天覆地……

“瘸腿婆婆”的儿子

春天以轻快的步伐走来，天气越来越暖和了。马圈周围聚集了不少人，孩子们爬到围好的木栅栏上，远远看去，仿佛一群乌鸦聚集在木桩上，也好像随意挂在木桩上的衣服一样。从马圈清理出来整个冬天的干粪块堆积在一起，发出马尿和草秆混杂的臭味，让人闻后感到喉咙发痒。一两只灰雀莺嘴里横叼着羽毛落在干粪块上，警戒地拉开与人的距离，在马圈周围跳跃。

离棚圈远些的地方，两个年轻人在和一匹有着雪白尾鬃、周身为黄铜色的五岁烈马较量，一条黄斑小狗绕着他们撒欢，吠个不停。忽然，受惊的马抬起后腿朝小狗方向蹬了一下，吓得小狗夹起尾巴飞快钻到主人的胯下。

这时，从人群中走出一个黝黑冷峻的高个儿小伙子，他挥舞着双手，踏着有力的步伐，眼睛像是被绿草汁染过一样的蓝绿色。他边靠近烈马边大声呵斥道：“喂，你们这些蠢货，到底有没有力气？你们应该抓住马耳朵打两下，还愣着干吗？打它的命脉啊！”两个年轻人没法把控缰绳，使得烈马前腿直立，马儿越挣扎，越是无法控制。高个儿小伙子边大声高喊，边将身上的蓝色外套扔到还没被青草覆盖的潮土地上，边勒紧腰带，嘴里说着：“他妈的……该死的马……”他咬牙切齿地喘着粗气。我知道他将马称为“塔拉格”，从小伙子的每个动作都可以看出他的傲慢和呼之欲出的自信。

“听说这匹五岁马性子烈得很，去年有个牧人想驯服它，结果被它摔下来折断了锁骨，从那以后，再也没人敢碰它了。”

“难怪呢，如果没点事，哪个没脑子的会将这么好的马给他们呢。”

“要是能拉紧马下颚的缰绳会好些。”

周围看热闹的人群七嘴八舌。

“哪可能啊？刚才那两个小伙子压着马嚼子硬是骑上去了，可是那马将头撇进前腿一使劲，一下子让那个黄毛小子像帽子一样飞出去，胳膊被地上的枯秆划伤，现在正用卷莫合烟的旧报纸贴伤口上的血呢，好不容易才将粘在黑条绒裤上的黄铜色马毛揉搓下来。”

“喂，你要像对付牛犊一样才行！”旁边的一个人大喊着，撸起袖子，双手叉腰，像要参加竞赛一样等待时机，两条腿像蜘蛛一样跳着，围着烈马跃跃欲试。

“这下有好戏看了！”

“噢，‘瘸腿婆婆’的儿子可要让那烈马好看了！”人群中有个人似乎顾忌别人会听到他说话似的，小声嘀咕道。

“如果落到他手里，那就……”

大家都议论着：“他的手可有力气了，去年，羊倌阿连那条牛犊大小的黑斑猎狗咬着他的衣襟不放，让他用左手掐着狗脖子，再往脑门子上给了一拳，那狗当场就晕了。都说孤独一人长大的人心肠硬。”

“瘸腿婆婆”的儿子……

从小，只有老师知道他的真实名字叫阿根别克，乡亲们不管他父亲是谁，他出生时给起的名字叫啥，都喊他“‘瘸腿婆婆’的儿子”。刚开始，有人这样叫他，他还回了一嘴，后来也不再理会。

在学校里，调皮的男生经常给班里男女生比成对子，他们把他和一个低年级名叫萨比拉的，因为先天性小儿麻痹拐着走路的女生比作一对。每当听到有人喊萨比拉，他的两个小脸蛋红红的，一直红到耳根。一些强势的大孩子不顾老师的警告，直接叫他“萨拉”，他的脸会刹那间变得通红，他低下头，躲在一个角落里。周末回家时，他也会莫名地躲着萨比拉，如果大老远看见对面走来的是萨比拉，他会立刻转身走开。

这样也就算了，在村里，以哈勒米尔扎带头的孩子们见到他就会一起喊道：“瘸腿婆子叮咚响，螺丝铁石弹性强……”他向老师哭诉过几次。结果哈勒米尔扎他们几个在学校是变老实了，一出校门反而变本加厉欺负他。他经常哭着跑回家。每当这时，就会出现一个拄着拐杖的瘦弱黝黑的妇人，拐杖底部因为混杂着碎石和沙子，发出咯吱咯吱的响声，妇人的右腿弯曲，走路一瘸一拐。她一出现，那些孩子就像蟑螂一样四散逃去，跑一小段，他们会停下来，哈勒米尔扎带头屈起一条腿，假装一瘸一拐地走远。妇人很生气，但她追不上，只能站在那里咒骂：“该死的小子！”低头拿起石头扔过去，可是扔出的石子只能打到很近的地方。这时，阿根别克不会只是看着，他拿出提前装满口袋的石子，一个接一个地打出去。那些孩子纷纷用双手护着脑袋，因为村里就只有阿根别克能将石子扔到额尔齐斯河的对面。他的母亲会看着他做这一切，听他诉说委屈，然后他才会把剩下的石头都倒出来丢到地上。这时，哈勒米尔扎的母亲夏麦尔走过来，她撸起袖子叉着腰：“喂，疯婆子，你这是干啥？让所有的孩子不得安宁！孩子们就像刚刚还打但很快又舔嘴的小狗，你加到他们中间，你这是怎么回事？”

“那我还能咋办，他们不给我的独生子安生啊……”

“就你的是儿子，别人的都是狗崽子吗？一起玩耍的孩子，又没受伤吧，他忍着点儿就行了呀。”

“你们不知道……”

夏麦尔的厉害是出名的，村里哭闹的孩子只要听到她的名字立刻会停止哭泣。这时，她像要抓狂一样，肆无忌惮地说："疯婆子，你的腿是瘸了，脑子应该正常啊，你该不会是用脚来考虑问题吧。"

"你可不知，像我这样瘸腿的就是用脚考虑问题，眼瞎的用眼，断手的用手……"

"瘸腿婆婆"嘴里继续絮叨着，一手牵着儿子，另一只手掀起头巾的一角擦去泪水，向家的方向一瘸一拐地走去。我藏在羊圈的一角偷偷看过去，感觉她就像一个云团，背着沉重的包袱，拄着拐杖越走越远，像是要走进沙漠中去似的。

孩子们每天照旧欺负阿根别克，偶尔被逼急了，他会像小甲虫一样抓住要跑的一个孩子进行搏斗。那是个大孩子，将他压在身下，往他太阳穴打了两拳，想着消停了吧，放开后继续往前走，没想到，他竟然爬过来抓住那个大孩子的腿，大孩子再次打他，顶着他的脖子直接将他的脸埋进沙子里。

"你快服软，不然我会让你哭得难看，然后叫你妈来。"大孩子扔下他，继续往前走。阿根别克再次抓住了他的腿，额头上沁出些许汗水，苍白的额头和黄头发上沾着沙子，他没有流泪，脑门正中挨石头的地方就像镜子一样亮，脸色像抹了灰一样阴沉。那个大孩子拖着缠在脚上的他走了一截路，见他根本没有松开的意思，于是将腿甩了几下，他却在大孩子腿上咬起来。被咬的大孩子跌坐在地上号啕大哭，他还是不放，不管大孩子如何揪他的头发，从地上捡起石头打他，用指甲把他的脸划伤，他都不松嘴，一会儿咬膝盖，一会儿咬小腿，狠狠地咬着。他没有咬其他的部位，只盯住大孩子的腿，根本不顾自己鼻子流出来的血。大孩子放开了揪他头发的手，瘸着腿逃跑，他紧追其后。他的神情不像人类，完全就像一条狗。从那以后，那个大孩子再也不敢嘲笑他和他的母亲了。第二回，又是一次激烈的打斗。孩子们一起玩着向河对岸扔石子的游戏，只有阿根别克可以扔到对岸。那个一扔石头只会掉水里的波扎依忍不住骂了一句：“这个瘸腿婆子的儿子！”阿根别克直接过来开打。刚开始波扎依打他好几拳，打得他嘴角和鼻子流血，他却把波扎依的腿咬了个遍，波扎依瘸着腿跑，他紧追不舍，波扎依藏到棚圈里也无济于事，他直接追到了波扎依的家。波扎依的母亲哄着骗着好不容易让他回去了。从那以后，别说是孩子了，就连大人都不敢对他说什么了。“上天保佑，这么小就这样，若是长大了会怎么样啊！最好离他远点！”“都说独子心狠，再加上他从小忧伤郁结，报复心很强啊！”大家都被他吓住了……

岁月流逝，“瘸腿婆婆”的儿子成长为整个阿吾勒最会训练烈马的能手，他的手指就像铁耙齿子，一旦抓住马鬃和马耳朵就不会轻易松手，恐怕除了风，谁也动不了他。不管遇到如何暴烈的马，只要被他按在腋窝处，就会像定在捕兽器上一样动弹不得，在众人一片“好样的！”的叫喊声中，他那阴沉的脸才会浮现一丝不易发现的笑意。他可以做出可怕、危险的驯马动作，女人们会捂着脸转过身去不敢看，男人们则会更加专心地盯着，有人激动地讲述他的勇猛，不在场的人听说后都很遗憾未能亲眼看见那场面。但不知为啥，最近一段时间，无论“瘸腿婆婆”的儿子怎么勇敢，大家都不再挂在嘴上，即便看到也装作没看见……

记得翻地之前，隔壁马队会赶着一群马来到阿吾勒，马群中一小部分是公马，大部分都是未怀上的母马，还有一些未被驯服的烈马。马可以帮助人们进行生产工作，更好地储备秋收的粮食和粮草。至于烈马，再暴躁的马也扛不过“瘸腿婆婆”的儿子。

我曾问他：“驯服烈马非常危险，为什么你愿意做这事？”他想了想：“我也不太清楚，只是看到它们，我就会很生气。”我听说，他母亲很长时间才怀上他，当他摇摇晃晃开始学走路，母亲挤马奶时被烈马踢到膝盖，让快出生的小弟弟胎死腹中，从那以后再也没有怀上孩子，还瘸了腿，没过几年，他那担任马倌的父亲也突然离世了，从此，留下他和瘸腿母亲相依为命。

小时候，我俩在一起玩儿，他常赞叹我的弟弟妹妹有多可爱："以后要是有人敢欺负他们，我们俩就让他好看。"每说这种话，他的脸颊会变红，眼神躲闪着，并很快转移话题。有些时候，他盯着我母亲怀里出生两三个月的弟弟出神，甚至没注意我父母问他母亲的状况。有一次，他在我耳边轻声说："我把手上的髀石送给你，你能不能让我抱一下你的小弟弟？"我正好为天天抱弟弟感到无聊，便高兴地答应了他，只是提醒他不要摔着，因为母亲总是这样叮嘱我。我听说，他为了能抱抱托合塔尔的小妹妹，甚至帮托合塔尔清理了半天的羊圈。

他有一个习惯，经常独自在额尔齐斯河边默默地坐着。一天，看见他坐在河边，用树枝在潮湿的沙泥地上画着什么，我悄悄来到他身后"喂"了一声，他赶紧将画的东西搞乱并立刻站起来，躲闪的眼神似乎在隐瞒着什么，显得有些心虚和担心。哪能瞒过我的眼睛呢？他慌张地弄乱了的地上的画，是一个小孩子的模样。也许他在思念未出生的弟弟吧，我的心揪了一下，对他充满了同情，心想自己真不该唐突地跑过来。不过已经这样，就当什么也没发生，起码可以保全他的自尊心，我知趣地转过身。不一会儿，我们开始玩扔石子，朝河对岸打水漂，玩够了坐在河边。我被一块大石头绊了一下，鞋子也湿了，于是我搬开那块被杂草覆盖的黄石头，发现石头下面有好多小小的虫子，见到阳光四散开来。我拿起一根草棍戳它们，他却对我说：

"快把那儿盖上。"

“为什么？”

“这是它们的家，它们也像人一样，有孩子，也有父母吧，不要破坏它们的家。”

石头在阳光下很烫。我一下子抽回了手，羞愧地准备再次挪动石头。

“我来搬吧，如果不小心会压死它们。”他小心翼翼地将石头放回原处。

在下游停船的地方，经常能看到渔夫将撒出去的渔网绳子放在肩膀上低头往前拉，渔船绕着湖面，不一会儿，仿佛热锅里沸腾的白面条一样，许许多多活蹦乱跳的鱼被拉上岸来。鱼儿拼命挣扎，鱼鳃发出刺耳的声音，让人很不舒服。河面上，两只海鸥用火钳子一样通红的尖嘴戳到水里又往上飞起。不知为什么，我失去了玩儿的兴致，我把头抵在两个膝盖处，面无表情地盯着地上的石头，莫名地只是想哭。

“你听说过吗，打鱼人多恩萨曾经在撒出去的网中发现一个人鱼娃娃，有脑袋、眼睛和手脚，就像婴儿似的，刚从水里捞出来时发出婴儿的哭声，就像你弟弟那样的哭声。起初，渔夫还以为是落网的鲟鱼或深水鱼，尝试着展开渔网时，听到‘哇’的一声，吓得直接跌进水里。其他渔夫害怕了，扔下渔网都跑开了。哎呀，多可怕啊！后来，在简易毡房里，为渔夫烧茶的陶坦老人打开了缠绕在一起的渔网，摸了摸那个婴儿鱼的头，然后放回水中，听说，那个婴儿鱼一直对老人说着什么，哀求着什么……”

他把我弟弟加到故事中是瞎编的，因为渔夫多恩萨抓住婴儿鱼是挺早以前的事，而我弟弟才出生三个月。

“都说额尔齐斯河底是个无底洞，就像有人活在星星上，那个水洞里也生活着水族。”他从地上拿起一块石头向河岸扔去，当石头咕咚一声沉下水时，我思绪万千，这么深的水里怎么可能没东西呢？地理老师给我们讲过："海底是一个奇妙的世界！"但是，我还是大胆说出了我的疑虑："那它们在水底是怎么做到不溺水而活着？"

"沃山的爸爸水性好，他能带着羊头潜到河水漩涡处啃得干干净净再出来，甚至能在水底把皮条编成马鞭再出来。沃山的水性也好，他可以从额尔齐斯河这边跳进水里，到了对岸才把头伸出来……"

"那活在水底下，它们会盖房子吗？穿什么衣服？吃什么呀？……"

"你听说过水底有金色宫殿的故事吗？水深的地方在冬天也不会结冰，水下是温暖的，它们在水里的时间长了，身上就会长出鱼鳞，也许，我们吃的就是它们吃剩的鱼……"

"哦呦……"

"它们有时会将渔网撕破。"

"啊……"

"你知道吗，都说水族的哭声就是它们在说话。"

我惊讶地摇了摇头。

"那么那条婴儿鱼是什么啊？"

"那是水族人的孩子，也许玩儿着玩儿着忘了回家的路。不会是古丽碧凯的孩子吧？"

听大人们说，早些时候，有个叫古丽碧凯的年轻媳妇常被脾气暴躁的丈夫殴打，她整日整夜得不到安宁，于是，她把红头巾挂在岸边的柳枝上，自己跳进了咆哮奔腾的额尔齐斯河。两三个队的人在整个冬天撒网打捞，却连她的尸体都没有找到，这是个悲哀的故事，到现在，老人们都讲给后人听。

我们两个都无语了，我内心充满惆怅，心想："古丽碧凯去哪儿了？既然死了，为什么没发现她的衣物？为什么渔夫没有打捞上来她的尸体？她去了哪里？"我盯着水面，似乎能从水底看见古丽碧凯一样。此刻，不知道阿根别克在想什么。也许，他也在这么想吧。

他好像知道我在想什么似的：

“也许他们接纳了古丽碧凯吧。”

他用胳膊肘轻轻碰了我一下，然后靠近了我，虽然河边只有我们两个人，但他好像怕有人听到似的，凑近我耳边轻轻说道：

“听说当时她肚子里有孩子，那个婴儿鱼是她的……”

我的思绪就像额尔齐斯河一样默默流淌着，漂到额尔齐斯河的最深处，那里有水族，有古丽碧凯的孩子……

忽然，耳边传来石头碰撞的响声，我不满地向着似乎被烤焦的石头方向转过身去，那石子刚好打在我鼻子上。

“喂，醒了吗？不这样叫不醒你，呵呵呵，你看到东边的山了吗？”他抬起头问道。

“看到了，山顶上的是云吗？”

“那不是云，是冰川，炎炎夏日也不会融化的冰山。”

“哦，哦。”

“在山脚有个叫乌鲁木齐的城市，那里有我的弟弟，就像你弟弟一样，我抱他玩儿过，他看见我就笑，我不抱他就会哭……”

“多大了？”

“三个月了，不，五个月了吧，他还会叫我的名字。”

“那么小怎么会说话？”

他拿起一块扁平的石头，用力地贴着水面扔了出去。

“你看，一个，两个，三个……小孩子就是会牙牙学语啊。”

平静的水面上出现了一个又一个圆圈，圈圈向外扩散开来，然后就消失了。

“喂，看到了吗，刚好点了六个圈……阿布－别克，”他总这样叫我，“你看，又飞出去了……”

正当飞出的石头掠过水面的时候，他叹了一口气。我看着他的脸，心想："难道他的母亲没教过他，小孩子不能叹气吗？"

他盯着河面的眼神变化着，像那些石头划过出现圆圈又很快消失一样，那一刻，我似乎听到了那个牙牙学语的弟弟的稚嫩声音。

"你们会把他接回来吗？"

他开始低头在地上捡石头，仿佛没有听到我的问题。

"漂亮扁石头……"

"等你弟弟长大了会帮你吧？"

"是的，这个……"

他向远处扔出的石头渐渐消失了，好像将额尔齐斯河的另一边荡起来似的，泛起了一些浪花，过了一会儿，那些石头似乎又从水里跳出来似的盯着水面。

他盯着远处的眼神就好像看到了他的小弟弟一样，一副迷恋和喜悦的神情，又像燃烧的火，他的脸显得格外动情。我忘记了自打记事起，没见过他走出过我们长大的小山村，但我却鬼使神差地相信了他，我也好像看见什么似的惊奇地望向远方，甚至点了点头。

就这样过了好久，他说道："想象那些石头没有沉下去，而是在水面上打着圈跳舞。"我一时间不知该如何回应，我从未有过那种想象。

"你母亲也会生病吗？"他突然问道。

"她偶尔会有头痛，还咳嗽。"

"如果人能像扔出去的石子一样，一会儿打在水面上，一会儿跳起来，那样，人们就算病了，也会很快好转，也就不会死了，就一直活着……"

我看着他扔向水面的石头，好像明白了他在想什么。

过了一会儿，他喃喃自语："为什么要去烈马旁边？"说完好像被自己说的话吓了一跳，转过身去，向水面上一个接一个扔出石子。

我们坐在岸边，青草欲长，干草丛中露出婴儿新牙一样的嫩草，有紫红色、黄色，好像是甘草，又像是土木香、芦苇。

他说道："听说冷空气入侵，要下雪了。"

我看了看天空和远方，虽然天气暖和，西山的地平线边缘被灰色的云雾笼罩。他揪起那些厚实得像羊毛一样的旧草，盖在那些新芽上。

"如果下雪的话会冻死吧。"

他那微蓝的眼睛透出了担心和忧郁。

不知为什么，那夜，我烦躁得好久都没睡着，想着下雪，想着刚长出的嫩草。睡梦中，我梦到了鹅毛大雪，刚刚露头的嫩草，它们一会儿变成小人鱼，一会儿变成鲜绿的嫩草，它们呻吟着，哭泣着。一会儿梦到和他一起坐在河边，一会儿梦到古丽碧凯绑在柳树上的红色头巾，随风发出阴沉的声音，我跟着它们一起哭泣……

晚上天气变冷了，早晨，外面是雨夹雪。我满脑子想着他怎样了。一进教室就看见他将下巴颏儿抵在书上默默地看着窗外发呆，眼神呆滞，面色显得那么忧愁，我猜他也做了和我一样的梦吧。

到了傍晚，就听见他的母亲一瘸一拐地在找人：

"谁看见我的阿那西了？"她还没进门就哭诉道，"上天啊，黑灯瞎火的，不知去哪里了？我找了很多地方……"

整个阿吾勒，乡亲们都主动出门寻找，他们像寻针一样在地窖、洼地、水井、洞穴、水渠等地方查找，几乎将所有的地方都找遍了，直到天快亮时，才在岸边找到独自坐在那里的他。人们将他放在马背上带回家。面对痛哭的母亲和讲道理的乡亲们，他没说一句话，只是一口气喝了大半碗牛奶，整个人面无血色，精疲力竭。他面对着墙躺在床上，两三天都没出门。

直到有一天，他看着在玩耍的我们，神情黯然地说："都说额尔齐斯河有水族人，那都是骗人的，婴儿鱼也是十足的谎言！如果有的话他们为什么不出来呢？"

我不知怎么回答，只是不知所措地看着他，他那微蓝的眼睛充满了失望和痛苦。

"你妈妈会担心你的。"我不知说什么才好。

"我也不喜欢母亲了。"他用沉重而低沉的声音说道，"她为什么要到那匹烈马的身边……"

"瘸腿婆婆"的儿子啊……

有一回，我们在寻找野鸭蛋时，一个挺大的玻璃碎片插进他的脚，血流不止。我们用细沙撒在伤口上也没能止住血。大家分头找来长在干粪块上的蘑菇，揉碎，涂在伤口上，也没能止住。到头来，还是他自己用衬衣把伤口扎好。他抬起那只脚走路时根本没有打瘸，他咬紧牙关，像平常一样坚实地踏在地上，我本想扶着他，却被他拒绝了。如果是其他孩子，脚上不小心插进木屑或碰到石头伤了脚，一定会抬着一只脚瘸着走路，或扶着同伴的肩膀艰难走路。而他，不愧是"瘸腿婆婆"的儿子，他坚持迈开脚步，在地上留下了一串串血印。他脸色苍白，额头开始微微冒汗，踉跄着踏进门槛，他的母亲提高嗓门叫嚷着："这是怎么了，天啊，难道以为我这独子的脚是多余的吗？"

他被送去县里的医院，住了一个月才回来，乡亲们听说医生判断他失血过多。他在家足足躺了两个月，等脚完全好了才出门，在这之前他没见任何人，甚至没踏出院子半步，可能他不想让别人看到他受伤的脚吧……

而这次驯马，"瘸腿婆婆"的儿子坚毅的目光和麻利的动作让众人敬佩，但我觉得他驯服烈马的勇敢举止，更像是野兽间残忍的斗争。他变得异常冷酷，他用细皮绳子勒紧马脖子直到马喘不过气，马嘶鸣着抬起前腿向上跳跃，开始暴躁起来，正要低下头打转时，他的右手像钳子一样迅速抓住了烈马的耳根，拧紧并往下按进沙子里，大声喊道："拿皮绳来！细的皮绳，可以牵着的！"

"没有结实的皮绳！"

"有没有细的麻绳？"

"有！"

"赶紧拿过来，在水里过一下再拿来！"

一个小伙子赶紧拿来一米多长的麻绳，然后用绳子将定在沙里的马嘴缠了两圈，绑得稍微松一些，再将弹羊毛棍似的一小节绞棍别在绳子上开始绕圈。

"绕！使点儿劲！别心疼，加紧绕！"他大声呵斥着。

感觉马快要死了一样，它的前腿和脖子上的筋肉颤抖着，瞳孔张大，眼睛都快蹦出来了。烈马发出一种奇怪的嘶鸣声，前腿直接跪在地上，鼻孔向前伸着。

"千万不要松开！"他边说边放开马耳朵，顺势跳上马背。那个绞棍的小伙子牵着马，烈马跪在那里似乎在央求，小伙子忍不住松开手，烈马将鼻子凑近腿部，把嵌进肉里的麻绳拨下来，开始乱蹦乱跳，他在马背上却纹丝不动。

"都是一帮蠢货！"他骂道。

这时，"瘸腿婆婆"一瘸一拐地拄着拐杖走来了，拐杖敲打在地面发出咚咚的声音，她一边喘气一边嘟囔着，爬满皱纹的脸看起来就那么一点儿大，瘦小的她却被大家称为"瘸腿婆婆"。我想起父母曾说过："这个可怜人还能咋样，自从被烈马踢得落下毛病，好好的一个人变成了残疾，又失去了丈夫，家道中落，孤儿寡母的讨生活，如果不是悲苦的命运压得她未老先衰，她并没有那么老，岁数和我们一般大，却被人称为‘瘸腿婆婆’，真是命苦啊！”

“瘸腿婆婆”提高声音骂道：“喂，你们这些人，除了他，其他人没见过牲畜吗？以为他没有父亲做靠山，是个孤子，谁都可以使唤他，想看着他死吗？你们在观赏电影吗？”看到她阴沉的脸，人们胆怯地往后退了一下。过了会儿，那匹烈马耷拉着肿得仿佛冻坏的玉米叶一样的右耳，马身上滴答着汗水，前腿和腹部满是血泡，嘴角被勒得伤痕累累，摇摇晃晃地过来了，完全失去了先前的脾气。

“现在，你们中谁来骑骑这匹马，趁它还没缓过劲儿，必须要让这个畜生没有力气。”

那匹烈马似乎没多少劲儿了，可它暴烈的性子依旧不好驾驭，今天看着老实了，第二天又会使出自己的本领，还会耍新花招，不管走在沟壑，还是棚圈和树林里，会突然拉着人就跑，这个举动可是比抬起前腿蹦跳危险多了。虽然让人看着欢喜，但到了节骨眼，人们都害怕把它当坐骑或拿去拉车。最后，兜兜转转还是把这匹烈马交给了“瘸腿婆婆”的儿子，他没有丝毫犹豫，反而兴高采烈地接受了这个安排。他把比胳膊还粗的横木套上去，搭在马膝盖处，骑上去拉紧缰绳，欲要飞奔的烈马被笨重的横木敲打得只得放慢速度。他再给它套上拉四匹马的马车，用绳子绑紧马腿，自己抓住绳子的一头，当马拉着马车向前冲时，他就使劲拉紧绳子，烈马一次次摔倒在地，最终筋疲力尽，渐渐放弃了这种习惯。等它的暴烈性子被磨平后，他再把马牵到磨坊，给马腿套上绊索，使劲掐马耳朵，给马戴上类似于眼罩的毡布，避免它转晕。接着，不顾它受到的惊吓，牵着它边转边抽打，再套上磨具。他一手掐马耳朵，一手抓紧嚼环，牵着马绕磨转圈。转一会儿，他拿掉眼罩继续让马转。烧一壶茶的工夫，他就让这匹出了名的烈马变得晕晕乎乎，摇晃着四处乱撞，撞疼的马变得踉踉跄跄。

一个星期后，“瘸腿婆婆”的儿子将这匹五岁的黄棕烈马牵到大门口开始亮本事。

“喂，大家都来看看这个牲畜的本领!”

他放开那烈马，扬起鞭子喊了一声，马儿就像转磨一样转起圈来。他骑上去勒住缰绳，马儿又快速跑起来，他用马鞭柄在它胸部拍了拍，马儿竟然屈膝向大家作揖。众人惊讶得张大了嘴巴。

他擅长用橡皮绳做绊马索，轮流给马腿使绊索，调教了很多烈性子的走马。于是，村里出现了各种走马。队里想骑走马的干部都把马牵来让他调教。大家赞叹道：“哎呀，这个‘瘸腿婆婆’的儿子真厉害，别说是调教走马，恐怕连牛也会被他调教得和走马似的。”

后来，传统拉磨被电动拉磨代替以后，他失去了调教好马的营生。偶尔，在农忙时节他骑马去岳父家，无论怎么抽打那马也不往前走一步，越接近岳父家，越是疲软得像暴晒后的嫩羊皮那样萎靡不振，于是，他跑到商店买了一瓶酒，掐着它的耳朵，将马鞭横放在马嘴上，将半瓶酒强灌进它的嘴里，不一会儿，马嘴开始冒白泡，晃动着马嚼子狂奔起来。可是，第二天回家时，马的酒劲过了就没力气，走到半路开始晃晃悠悠，这时离村里还有一段距离。

乡亲们闲聊时提到他：“还记得分给他的那匹黄棕马吗？因为他经常喝酒又怕马冻着，也给马灌些酒，渐渐地黄棕马也有了酒瘾，只要他打开酒瓶盖递过去，马就会抬起头张嘴喝起来。都说‘瘸腿婆婆’的儿子喝酒时，黄棕马会靠近他散发酒味的嘴巴，嘶叫着，流着口水不停地亲。”后来，那马不仅会跟着“瘸腿婆婆”的儿子，只要闻到谁嘴里有酒味就跟着谁，甚至会在飘着酒香的房屋周围走动。还有人看见那马半夜靠近醉酒躺在路边的酒鬼身边转悠。甚至有个夜晚，在村里闲溜达的黄棕马追跑了两个刚从宴会厅出来的小媳妇儿。从此，村里人都不敢在夜里单独行走。

从前那个膘肥体壮的黄棕马变得骨瘦如柴，人们把已经变得迟钝的黄棕马称为“酒鬼黄棕马”。村里一个老人劝他：“孩子啊，你为啥对这个马尿如此着迷。戒酒吧！”

“你们没有喝过怎知酒的香甜，我已经离不开酒和这个畜生了，如果不喝酒我就没力气，如果没这个畜生，我就没法子买酒。”他绷着脸绕开老人。

“为啥戒不了！”

“那你们为啥会拄拐杖？”

“我们体力不行了，没有力气，不拄拐杖不行啊！”

“那你听着，就像你们拄拐杖一样，酒是我心灵的慰藉和依靠。”

“如果你听劝，还是早日戒掉酒瘾，如果不听，那你看着办吧。但是，你最好别再虐待这个说不出话的牲畜，你的所作所为，对这匹可怜的马来说是一种罪过。”

“这个畜生还能比人金贵？说到底，我的马已经离不了酒了，如果不给它喝，随你鞭打千次，它也不会向前走一步，它尝到你说的马尿后可精神了，再没有比它跑得更快的马了，它咬着马嚼子飞得可快了。”

说起来，“瘸腿婆婆”的儿子一直没结婚，村里的姑娘们嫌他家境贫困，母亲是个残疾，基本没人搭理他，他当了好长时间的光棍。可怜他母亲多么希望儿子能成家，见人就说这件事，最终还是没能亲眼见到儿子成家就去世了。后来，他和一个比他大很多、死了丈夫的寡妇结了婚。

最近几年，他喝酒喝得更凶了，大中午在大街上骑着马横冲直撞，飞奔过马路。听说有一天，他把小时候带领孩子们喊“瘸腿婆子叮咚响，螺丝铁石弹性强”的哈勒米尔扎打得鼻青脸肿，众人好不容易才将他们拉开。

“你什么时候得罪他的？一个从小孤苦长大的人，心狠着呢，就让他自生自灭吧，你们离他远些。”人们这样议论着。

母亲去世好几年后才结婚的他，即便有了两个孩子也没戒酒。黄棕马已经变成“逃跑鬼”了，好几次他去撒尿时，黄棕马直接跑了。只要绊马索或缰绳松了些，它就可以跑远，让人怎么也抓不住，你靠近，它就跑，结果越追越远。为此，他气急败坏地骑上邻居的马去抓黄棕马。他将马抓回来，绑紧四条腿，然后在马的大腿处绕上细皮条上绞棍，不一会儿，黄棕马便发出凄惨的嘶叫声。

“这匹马太可怜了，如果你不喜欢，就把它卖了换匹温顺的马不就行了吗？你怎么可以这样折磨牲畜呢？”面对这样说的人，他怒火冲天：“关你什么事，你能帮我每天抓它、套马鞍吗？如果有什么罪孽，绝不会加到你头上。”人家看他喝酒了，也没再多说一句。就这样，他多次把黄棕马往死里打。最后，无论黄棕马在哪儿吃草，听到他的喊叫也不跑了，只是胆怯地打着颤待在原地。只要他匆匆骑上去用脚夹紧它的大腿，然后狠狠拉紧缰绳，黄棕马会立刻明白他急需喝酒，无论白天黑夜，黄棕马都会驮着他直奔商店。黄棕马在商店外的马柱等他，他在商店喝得烂醉，拖着身体好不容易爬上马，直接横躺在马鞍上，黄棕马保证不会让他摔下来，会将他毫发无损地送到家门口再停下来。如果他在大半夜喝醉了，黄棕马会把嘴贴到商店的木板门上，方便他骑上来。黄棕马会根据主人醉酒的程度把握速度，如果主人喝得太多就慢些，如果主人喝得不多就跑快些，如果主人没有喝酒心情好，它就会轻快地跑起来。让黄棕马感到最痛苦的就是在寒冷的暴风雪天气，它被拴在空旷的马圈里，连根塞牙缝的草根都没有，在飘着雪花的漫漫长夜中冷得发抖。它把头拱到水槽里，不停地打转。他感到黄棕马冻着了，那股子怪脾气又要上来时，他便用笼头把马牢牢绑在马桩上，将半瓶酒直接灌进它的喉咙里。马儿感到从喉咙到肠子都烧了起来，那股冲鼻的酒味差点儿要了它的命，过了好一会儿，它感觉寒风消停了，浑身热乎乎的，不再发抖了。第二次，它被再次灌酒。到了第三次，那股臭味刚到嘴边，它已经学会张嘴去喝。后来，只要感到冷了，黄棕马就开始渴望那股“暖流”。于是，“迟钝的黄棕马”变成了“酒鬼黄棕马”。听说谁要是让老婆去买酒，特别是傍晚的时候，从女人抱着酒走出商店一直到回家的路上，黄棕马会一路跟随。

黄棕马的马鬃变得越来越稀疏，长期被肚带勒着的肚皮上，被马鞍磨伤的脊背上，还有鼻子和耳朵处的鬃毛，都已经发白了。

不久前的一个中午，刚刚进入十一月的寒冷天气，河两岸开始结冰了。乡亲们看见“瘸腿婆婆”的儿子想从对岸过河，口袋里装了半瓶酒，醉醺醺地倒在马背上东倒西歪。乡亲们尽管不敢太靠近，但还是担心他如何过河，他们几个人爬到屋顶上看着，看见他从马背上滑下去掉到冰水里去了。他们着急地喊道：“他掉下去了，他会死的，我们快去看看他！”哈勒米尔扎回道：“要死就让他去死吧，反正我不去。”我们几个以最快的速度骑马奔去……

……刺骨的冰水让他清醒了过来，他感到身体一会儿像火烤一样发烫，一会儿又感到刺骨地冷。就像叼羊比赛中的羊那样，他感到自己一会儿向前翻滚，一会儿似乎有人在说“别走”，又把他往后拽去，整个人被各方力量拖拽，难道真是因为他的罪孽而被某种力量抽打？最让人无法接受的是他无法呼吸了，难道像他这种惹事的人非要死吗？他的衣服灌满了冰冷的水，“水，我好像掉进深水里，水下有人吗？是水族吗？它们拽着我要去哪里？难道要像古丽碧凯那样把我带走吗？不知那儿有没有酒？如果真要带走我，请先让我浮到水面上，让我透上一口气，让我吸一口空气，再把我快快带走啊……哎呀，我是要死了吗？”他眼前，古丽碧凯绑在树上的红头巾变得越来越大，将整个世界都覆盖了。无论他怎么奋力挣扎也没能将头巾掀开，好大的红头巾啊……忽然，刚才按着他向下沉去的地方又出现了一股强大的力量在使劲拽拉，天哪，我是不是落到一个巨大的水族人手里了，使劲把我向水面拖拽着，也许它们听到我的哀求了吧……

当我们到达河岸边时，看见他浑身湿透，衣服后背撕破了一块手帕大小的布，他正抱着黄棕马的头，稍微动一下，口袋里的红酒瓶盖就闪一闪。远些的地方扔着铁脚镫。黄棕马从马尾、马鬃到肚皮上都淌着水，站在旁边垂下脖子，龇着牙齿，嘴唇抖动着发出阵阵喷鼻声。它咬着马嚼子，越是大声发出喷鼻声，马后背就越抽搐，马的腹部抽动着，似乎肝脏在翻动，感觉想吐出来什么。

等他有了意识，正打算给黄棕马一些颜色瞧瞧，看到它不顾发抖，将脚镫连着绳子抽出来，低头找马嚼子，他不由得愣住了。马嚼子的豁口处挂着一块从他后背咬下来的那块布，一切都清楚了，黄棕马救了他！是黄棕马返回来游到他落水的地方，死死咬住他的后背，拉着将要被水冲走的他，费尽力气拖到岸边。在黄棕马跳过被冰覆盖的河岸时，他滑下去被水淹没，虽然有意识，但因为双脚抽筋，他在深水里越陷越深，也许再过一会儿，他很可能就会去另一个世界报到。

“你感觉怎样？冻得够呛，赶紧骑上马，我们送你回家吧。”我们几个劝他。

“你们走吧！”他从岸边拿起石头，发紫的嘴唇哆嗦着，好不容易说出，“你们走！都给我滚开！”他热泪盈眶，手里握着一块小石头。这还是我们第一次见到他哭，记得在他母亲去世时，他没流一滴眼泪，我们几个退到老远的地方站着。

“哎，人啊……”他颤抖着自言自语。

近处，打着冷颤的黄棕马将脖子伸到他侧面发出喷鼻声。

从那以后，“瘸腿婆婆”的儿子戒酒了，性格也变得温和，开始与人为善。

月　下

黑夜中，时间在一分一秒地过去，卡玛尔害怕极了，她可以感觉到周遭都是魔鬼的天下，这些恐怖的鬼影在接近她，不断地包围她。

卡玛尔怀揣着一丝希望，“他们也许回来了！”她全神贯注地仔细聆听山路那边的声音，可是，夜色下的一切朦朦胧胧，静悄悄的。不过，她好像从那边黑压压的松树林里听到一种可怕的声音，吓得她缩成一团，整个人往后面的小山坡退去。

周围已经没有人家了，对这一点，卡玛尔心里明白着呢。中午时分，哥哥把羊赶回来，对家里人说：“大家都搬到阔克赛尔克草原了，我们再不搬的话，好牧草就会被别人都占了。”说完，他很快就把毡房拆了，顾不得去找搬运行李的牲畜，打包好一部分行李，带着老婆孩子先走了。留下卡玛尔一个人和剩下的行李。哥哥走很久了……

平时，对面山坡上的人家升起炊火，狗吠声和牲畜的叫唤声夹杂在一起，好不热闹。但是，此刻，在卡玛尔眼前，什么也没有。还好，月亮升起来了，在月光下，卡玛尔周围的山坡仿佛河底的鹅卵石一样显出轮廓，但森林和山沟依旧是黑压压的。月光下，多少可以看清周遭了。卡玛尔放眼望去，山坡上弯曲的小道在夜色的衬托下仿佛一条蟒蛇。

突然，树林里发出不寻常的声音，卡玛尔吓得心脏都快跳出来了，头皮发麻。

“天啊，是什么东西啊？会不会是牧民遗留的牲畜？还是……曾经听老人说过，牧民下山后，熊会跑到牧民生活过的地方来找吃的……不会吧？”卡玛尔盯着眼前的树林，眼睛都发酸了，她用头巾一角擦了擦眼角。突然，她看到一个庞然大物出现在离她一两米的地方，那怪物正用鼻子到处闻呢。

“是熊。”

卡玛尔全身发凉……

那头熊身体直立起来，吼叫着向她扑来。

卡玛尔看了看小道，那儿什么也没有，更别说会有人来救她。她感到死亡近在眼前，她想逃跑却摔倒了，她倒在地上根本爬不起来。

她诅咒道：“你们这些该死的，不是人，把我一个人丢在这里，我就要被熊撕成碎片了。我，我该怎么办？还是尽力站起来跑吧，否则，你们明天会说这里是卡玛尔罗锅的墓了……”

她的脸布满苦涩的泪水。

那头熊已经来到她面前，像人一样站立在地灶旁。一双泛着蓝光的小眼睛紧盯着卡玛尔，像刺一样扎进卡玛尔的全身。此刻，这头站立的熊透过卡玛尔恐惧的眼神，仿佛看到了卡玛尔的一切，看到了这个孤独女人的悲惨经历和痛苦的内心世界。

熊吼叫着扑了过来。

卡玛尔想起前些日子，那个猎人伯伯给她送来一些熊掌油，说是治疗腰腿疼的良方。猎人伯伯说他领着十几个人正要准备杀死被铁夹困住的母熊时，跑出一头公熊袭击他们，幸亏他及时开枪，保护了大家的安全。

眼下，自己却要受到熊的报复了。

卡玛尔看着熊一步步逼近，她机械地向后退着，直到被行李堆挡住才停住，大叫了一声，就晕过去了。

不知过了多久，卡玛尔总算醒过来了，她迷迷糊糊地感觉到胳膊热乎乎的，但被压得动不了。是那头熊，正在哼哧哼哧地使劲舔着她的胳膊！它的獠牙就在眼前……

卡玛尔万分恐惧，根本不敢动弹，她只能任凭熊的摆布。熊又把嘴凑到她的脖子处闻了闻，停顿了一会儿，又开始用舌头舔起来。

就这样，过了一会儿，那头熊停了下来，一下坐在地上，并用它那肥大的熊掌摸着卡玛尔的头，并把她的头巾给扯了下来。

卡玛尔想重新戴头巾，但又不敢动。

说起围头巾，卡玛尔想到两年前因为她想戴头巾，引起全家人的反对。

卡玛尔已年过三十五，还没有结婚。但她还是个女人，她不愿意不穿裙子不戴头巾地出现在众人面前，特别是她头上可怜的两根辫子，头发已经稀少得像老太太，她自卑极了。一天，卡玛尔请求家里的嫂子：

“嫂子，我想穿裙子、戴头巾。”

“我们家可没有给你用的裙子和头巾。”

“您看，我实在是不好意思出门了！”

“哎哟，你还知道不好意思？要不是当年你非要跟着那个海达尔乱跑，咋能是现在这个下场？啊，你说，你还想打扮得像个贵太太吗？也看看你自己的样子，谁还看你啊？”

“我管不了那么多了，给我买一件吧，难道我连穿一条裙子都算多余吗？我受够了……”

“哎，你还怪到我们头上了？你说，我们怎么了？难不成是我们让你变成丑八怪的吗？”

“是的，就是你们！”

卡玛尔和她嫂子之间发生的这场争执持续了两天，卡玛尔为了一条裙子和一条头巾，卧床绝食，直到嫂子服输，给她买了裙子和头巾。卡玛尔这才起床，穿上裙子，围上头巾，高兴得偷偷照镜子好几天。她觉得自己比以前好看多了，穿上裙子让难看的驼背也不明显了。在草原上，哪有女人不穿裙子不戴头巾的。在卡玛尔眼里，裙子和头巾是一个女人身份尊贵的符号……

此刻，熊哼哼着用两只前爪摇晃着她的肩膀。

卡玛尔早被深秋的寒气冻得冰凉的身体，在熊的热气和熊掌的摩擦下慢慢地恢复了知觉。肩上的熊掌像极了当年海达尔的肩膀，热乎乎的……

“哎，男人的臂膀是强壮的……哎呀！海达尔，海达尔……”想想过去，卡玛尔和相邻阿吾勒的小伙子海达尔认识不久，俩人就确立了恋爱关系。卡玛尔非常爱海达尔，爱慕他的男子气概。双方家长也按照传统习俗为他们订了婚，两个人止不住激情尝试了甜蜜的爱情。

“那是我一辈子都难以忘怀的唯一的幸福时光！那深深的吻，火一样的拥抱，男人热乎乎的臂膀……可惜，美梦破碎，幸福总是那么短暂，一切就像做了一个甜蜜的梦！”

不久，卡玛尔就听说“海达尔在给土匪送食物和情报”的传言，她根本就不相信，也不愿相信。她亲自问海达尔，她的爱人哈哈大笑：“傻瓜，你连这样的话也信吗？”卡玛尔相信了他。

可是，又过了段时间，就传来了“海达尔跟着土匪跑了”的消息，谣言竟然变成了现实。卡玛尔心里恨那个男人，又担心他的安危，总盼着他回来，回到自己的身边。

心爱的男人失踪了，而且是跟着土匪跑了，这个打击像烈火一样焚烧着卡玛尔的内心，再加上家里人的白眼、乡亲们的冷嘲热讽，简直都把卡玛尔逼疯了。更可怕的是，卡玛尔感觉到自个儿的身体似乎在发生变化，肚皮越来越紧，天啊，她怀孕了！体内已经有了小生命的迹象，可怜的卡玛尔整日以泪洗面，度日如年。直到有一天，嫂子对她说：

“你的那个男人挨枪子儿死了！”

卡玛尔听到后，如五雷轰顶，她傻傻地愣在那儿，半天没出声。那夜，卡玛尔伏在枕头上偷偷哭了一夜。她才意识到灾难的降临，自己的苦难才刚刚开始，今后，她将背负世间最难听的骂名，“土匪”“土匪的女人”……

卡玛尔已经被命运推上了苦难之车，她只能接受命运的安排，不仅自己受难，还连累了这个家。

不久，家人知道她有了身孕后，仿佛世界末日来临般惊慌。家人和亲戚巴不得咒死她和她肚子里的“恶种”。不仅是嫂子们对她恶语相向，连那些弟弟妹妹和小辈们都不给她好脸色。但就在这般恶劣的环境中，卡玛尔的生命却顽强得出奇。众目睽睽下，她脸上的黑斑一天天增多，渐渐隆起的肚子也在活活地剥着她的脸皮，姑娘家大肚子，让卡玛尔羞于见人。

终于，她的哥哥指着用牛犊皮制成的盛满盐硝的袋子吼道：“你过来抬上去！”

卡玛尔当然知道哥哥想干什么，但她不敢反抗，她默默地走过去，使出全身的力气抱起袋子抬到牛背上，每抬一次，肚子里的小生命就会闹腾一阵儿，仿佛在抗议这样耗尽气力的行为。一开始，卡玛尔曾把肚里的小生命看作毒瘤，随着时间的推移，她逐渐有了怜悯之心，产生了难舍之情。她摸着肚子，流下心酸的眼泪。最后，她暗暗下决心：“丑名也出了，还怕什么呢？我要把孩子保护好，安全生下来，再把他养大成人。”

当预产期还有一个月的时候，附近的牧民已经全部迁走了，唯独他们家迟迟不搬。傍晚，哥哥和孩子们都以各种借口出门了，姐夫却来了，他和嫂子喝着奶茶，嘀咕着什么直到深夜，嫂子突然指着卡玛尔对姐夫说道：

“您看看，她一个姑娘挺着肚子，败坏了我们家的门风，道德败坏，天理不容，不除掉她肚里的孽种，我们全家都会跟着遭殃的。”

受到惊吓的卡玛尔全身哆嗦，她哭着哀求：“求你们了，求你们不要伤害我的孩子，我，我走，离你们远远的，好不好？不要伤害我们。”他们根本不理会，仿佛她不存在，姐夫用力抓住她的手，嫂子拿着一碗早已经泡好的土造肥皂水走到她面前，冲她喊道：

“臭婊子，快把它喝了！”

“求你们了，可怜可怜小生命吧，胡大保佑，我，我……”

那两人面无表情，狠狠地捏住卡玛尔的鼻子，把滚滚的肥皂水灌进了她的嘴里，黑色的肥皂水立刻就让她感到无比恶心，喉咙感到一阵撕裂，灌到肚里，翻肠倒肚，难以忍受，卡玛尔感到天昏地暗。她想吐，却吐不出来。没一会儿，就感到肚子火烧火燎，肚子里的小生命似乎感觉到什么，开始踢她。卡玛尔哭出声来，却被嫂子用一条毛巾堵住了她的嘴，他们出去了，留下卡玛尔一个人。

卡玛尔感到肠子已经不是自己的了，像被绞绳绞着一样，疼得她不停地缩着身子，不停地打滚。嫂子又返回来，从热锅里拿出早已准备好的滚烫的两条黑白花毛绳，强行绑紧在她的脚掌上，更加剧了疼痛，她疼得两眼发黑快要昏厥过去。卡玛尔挣扎着，不愿就此不省人事。她感觉到嫂子拿去了她嘴上的毛巾。

“……八个月零八天，已经是个生命了！听说七个月出生的孩子裹在皮帽子里也能养活，我再求求他们，说不定他俩看到孩子会有些怜悯之心……”卡玛尔尽力想保持清醒，可是，眼前却越来越模糊。

“……海达尔，你这个没心肝的……”

她似乎听到婴儿的哭泣。

过了好久，卡玛尔睁开眼睛，身边只有嫂子一人。

卡玛尔浑身无力，她试图抬起头，挣扎了几下也起不来，“孩子……我的孩子……”嫂子没出声，挤出几滴泪，把头别过去了。第二天，他们要搬家，卡玛尔哭啊闹啊，她要自己的孩子，甚至求着要留在这里，她不愿离开。可是，家里人从不听她的，哪能由着她，硬是把她扶到马背上一起离开了。

卡玛尔被迫打掉孩子，身心虚弱，本该卧床休养，但她却一天也没得到休息。她害怕别人说闲话，更害怕家里人的白眼，所以，身体再虚她也硬是强打起精神干着所有的活儿。有什么办法，只要有一口气，就是爬着也得活下去。只是，不管她站着还是躺着，耳边总是回荡着孩子的哭声。

十几天过去了，卡玛尔病倒了。虽说到附近的医院去看病了，可是因为她害怕别人戳脊梁骨，她没有住院接受正规治疗，所以病情越来越重，最后成了罗锅。卡玛尔从一个纤细苗条的姑娘变成了脊背像一张弓、前胸贴膝盖、再也伸不直的丑女。那时，她才刚满二十岁。

卡玛尔至今未婚，她也想有个男人，可是，男人这个词已经成了她内心深处可望而不可即的回忆。她嫂子和亲戚托人介绍了几个死了老婆的老鳏夫或者是老光棍，可是每次，他们见到卡玛尔的样子就被吓得逃之夭夭。有的还婉转些，说她这副身体不能干活。有的干脆直接说她长得太丑了。

卡玛尔心里明白得很，不管是干活，还是人品，她比有些身体健全的女人还强。虽然自己身体有残疾，可她却更懂得爱的珍贵，比起那些无事生非的女人，她会给爱她的男人带来幸福和快乐！但是，男人是不会这样理解的。

嫁不出去的老姑娘成了哥嫂的累赘，自然变成了家里最廉价的苦力。

每回看见周围的年轻人组成幸福的小家庭时，卡玛尔心里也不免有些嫉妒，看到不太和睦的家庭她也会觉得惋惜。只是，每每看见陌生男人时，她会目不转睛地盯着人家。可是，背上的罗锅究竟是剥夺了她做女人的权利，再也不会有哪个男人正眼看她了……

此刻，熊竟然没有吃卡玛尔，只是扶着她，并贪婪地舔她的脸和头发。那头熊静静地舔着，好像很幸福地闭上了双眼。

卡玛尔想起小时候父亲常常给她讲的老故事：

……很久很久以前，有一家人搬到新的牧场，落脚后，家中的女儿就去河边打水，不幸被一头公熊掳走，住在山洞里。刚开始，年轻的女孩儿特别痛苦，不能适应洞里的生活。但是，随着时间的推移，她竟然习惯了熊的生活。她身上慢慢长出了熊毛，连走路都像熊一样用四肢前行。后来，有个猎人发现了她，就把她带回了她原来的家。可是，回家的姑娘却不快乐，她常常思念自己的那个洞和熊丈夫，每天不停地唱：

山洞，山洞，黑黑的山洞，
黑洞才是我的家。
黑熊，黑熊，笨笨的黑熊，
笨熊才是我的丈夫。

想起这个故事，卡玛尔的恐惧减了大半，她感到身体也放松了。甚至还有些发软发酥，这种酥软感只有在海达尔的怀里时才有。

卡玛尔没有意识到自己刚才还因为害怕而发抖的双手已经慢慢地搂住了熊的脖子，并且在轻轻地抚摸熊的后脑勺。

这时，山路上传来了马蹄声，她的侄子骑着马，赶着几头牛正往这边赶来。

熊抬起了头，抱着她要下山。熊想带她跑，卡玛尔没有反抗，她跟着熊向前走着。卡玛尔真切地知道刚才那短暂的感觉才是温暖和幸福的，她感到自己在飞，在一片皎洁的月光中飞翔。

夜空中的明月微笑地照耀着一切。

就在这时，当女人和熊在一片蓝光下要逃跑时，传来了“停下”的喊声，可是，他们连头也没回。

卡玛尔的侄子已经端起了手中的猎枪……

洪流生活

“凌晨四点，凌晨四点，快起床，快起床！”一阵刺耳的手机闹铃声吵醒了睡梦中的他。孩子鞋垫般大小的手机响个不停，使他无法赖床。他睡眼蒙眬地抬起头，手指颤抖着，好不容易摸到手机屏下端的按钮，使劲按下去。

昨晚他还告诉自己：“今天要睡个懒觉！”

现在，他懒洋洋地起身穿衣。手机又叫起来：“早餐时间到，早餐时间到……”他按下那个按钮，打起精神来到餐桌旁。不到半小时，手机又叫起来：“上班时间到了，上班时间到了……”

他还记得上班第一天，因为堵车，他迟到了。第一次，经理勉强挤出微笑，没有责怪。第二次迟到，经理语气委婉地对他进行劝导，实际上是在严厉地警告：“既然会碰上堵车，就要早点出发，给你的手机定闹钟！”于是，他按照经理的意见，给手机定了闹钟。但是，他总觉得睡不够，尤其是晚上参加聚会的第二天一早，简直是要他的命。不过，自从他设定手机闹钟后，动作确实利索多了。

他用了几分钟的时间，用手机录下经理的声音，来提醒他整整一天的活动。例如吃饭、睡觉、上班、休息，都是在这个声音的提醒下进行着。甚至包括明天、后天、大后天的所有行为都有相应的手机提醒。

记不清具体是哪一天，他脑海里冒出一个念头：对人来说，也许连吃饭和睡觉都是多余的麻烦。不过，只要你还活着，就不能逃避吃和睡。通常情况下，他都选择快餐，既然是快餐，上得快，吃饭更快，他大口大口吞咽食物。当服务员转身上第二碗时，他已经吃空了第一碗，服务员会吃惊地盯着空碗，再看看地板，以为他把饭倒地上了呢。确认他是吃光了以后，服务员瞪着圆溜溜的眼睛，不敢相信自己的眼睛，只能看着他用餐巾纸擦嘴。而他呢，已经学会忽略饭刚端上来的滚烫温度，经过几次吞咽后，他的喉咙也习惯了被烫的感觉。至于睡懒觉，他也开始学会舍弃。

记得自打他开始上学第一天直至高中，每天早晨都是在妈妈的轻声呼唤中醒来："孩子，该起床了，你的同学都已经背上书包上学去了，再不起来就迟到了，快醒醒，孩子！"到了大学，也是同宿舍的都起床了，他才会懒洋洋地醒来。现在，叫醒他的不再是妈妈温暖的声音，而是经理严肃的号令声。那些香甜的睡梦，真不愿意醒来。

如今，他身在高楼林立的大都市里，一切都急着往上长。摩天大楼遮挡住强烈的太阳光，城市被切割成密集细长的"峡谷"，从大街小巷汇成一股气势磅礴的"洪流"，不是雪水，不是冰流，是这个时代的洪流。路上流的是奥迪、奔驰等车流，人们享用的是冰箱、空调、电脑、品牌家具等物质流。这些非凡的产品相互拥挤，发出相互排挤的摩擦声。他曾经向心爱的姑娘发誓，要让她享受到这些昂贵的产品……

他来到展示这些产品的大楼里，商家打开了一些产品拿出来展示，以便吸引更多的顾客。昂贵的皮沙发等欧式家具全都挤在一起，他感到它们要一起冲过来给他一拳。他给经理搬家时曾见过这样高档的沙发和家具。现在，他站在卖场，感到各种家具仿佛要砸过来，他挣扎着，只想从眼前浩浩荡荡的"物流"中逃跑，他迈开大步开始奔跑，甚至从一件餐桌上跨过去了。脑子里还想着，如果妈妈知道他跨餐桌，一定会责怪他。从小，母亲就教育他不能横跨餐桌、餐布，因为餐布上摆着珍贵的食物。

他快要逃出来了，刚要松口气时，黑压压的洪流挤压过来，压住了他。那些价格上万的冰箱彩电通通逼过来，特别是冰箱的棱角，仿佛要硌一下他，好像要打破他光滑的脑袋似的。他想起曾经陪朋友买过这种冰箱，当时他心里还无比虔诚地祈祷有朝一日，他也能得到这样的冰箱。为了沾沾福气，他还特意摸了摸冰箱的一角。此时此刻，他却只想逃避。他逃到一边，避开那个冰箱。刚刚要松口气时，又看见曾经让他垂涎三尺的黑色小车奔驰而来，崭新的汽车玻璃在阳光下发出刺眼的光。他很好奇，这是什么牌子的汽车？肯定是外国的牌子。这么棒的汽车，万一不小心剐上什么东西，或撞到哪儿，那得多心疼啊！多少年以来，他梦寐以求的就是拥有这样一辆车。他忘记了先前的恐惧，又开始幻想，欲望再次俘虏了他，他要攒够多少钱才能得到这辆车？眼前，却是小车冲过来了，一路撞开那些产品，他心疼地看着小车横冲直撞，直到察觉自己正要被失控的汽车撞上时，他才回过神来，及时闪到一边，还在默念：这车要去哪儿啊？这样下去是要出事儿的。就在他担心汽车的时候，只见那家伙越过拥挤的产品，停下来，调转车头，突然对着自己就开了过来。他向左，车也向左，他向右，车也向右。好像手持小棍收拾自家小牛的老太婆一样恶狠狠的。他被汽车逼得东躲西藏，忽然意识到自己不该停下来，更没有退路，只能和那些产品一样随着洪流往前跑。

眼前，所有的家电拥挤着奔流而来。我该往哪儿逃呢？此刻，他多么需要一种可以“导航”的机器，它会发出类似“前方有检查站！”“您已超速，请慢行！”“离岔路口还有五百米！”这样指明方向的警示语音。每次，他要进城办事儿，辨不清方向时，手机导航就会告诉他正确的路线。现在，它也没用了。如果，人类也有像汽车那样的导航装置该多好。突然，他的手机叫了起来："快点儿，你要迟到了！"他手忙脚乱地按键，结果手机不停地叫起来："明天有会议，后天专业考试，大后天要交总结报告，大大后天要……"手机的声音被蜂拥而来的产品大军给淹没了。

出现了一群人，他们和自己一样害怕被物体撞伤而惊慌失措地逃跑；之后，又出现了一群人，他们反而是追赶着物流里的产品。无论是逃跑的人，还是追逐的人，都在和多年梦想拥有的物欲一起浩浩荡荡地流去。

他看着眼前的洪流，像极了电视上报道的菲律宾海啸、日本大地震等等人类的灾难，他和那些人处在混乱的世界里，有人在逃跑，有人在追逐……

他仿佛在洪流的那头看到了原先公司的老板杜凯，仿佛羊群被狼袭击的牧人一样惊慌失措。杜凯从物流中拾起一部苹果手机装进挎包里。他满头大汗，神情慌张，焦急地说着什么，声音被洪流压过，根本听不清他在说什么。杜凯忙乱中没有注意到他的挎包底漏了，苹果手机掉出来了，他赶忙拾起装进包里，但手机又滑出包掉到地上，他又拾起。杜凯不停地重复着这个动作，但是手机就是会掉在地上。他远远地看着这个情景，想起了旱獭与熊的故事：一头熊饿极了，找到旱獭洞，它开始挖洞，挖着挖着抓到一只旱獭，夹在左腋下，又挖出一只，刚想夹在右腋下，没想到，左腋下的旱獭趁机溜走了。熊本想多抓几只旱獭，结果忙来忙去，只抓到了一只，吃不饱也没办法。眼前的杜凯就像那头熊，想抓住些什么，却什么也抓不住。平日里颇具威严的杜凯老板如今一副无助的模样，让他心底升起一丝怜悯。这时，还出现了一个人，对杜凯献殷勤，原来是那个叫花子，经常在公司旁饭馆门口转悠的乞丐，身有残疾，眼睛还挺尖。乞丐经常盯着吃饭的顾客，顾客刚起身，不等服务员过来收拾碗筷，他就会一个箭步冲进去，大口大口吃剩饭，把饭碗舔个干净。他那身脏兮兮的衣服油光泛亮，像汽车的黑漆一样在强光下闪亮。他手里拿着一个人造皮袋子，又弯腰捡起一个包装破旧的手机，拿起来仔细看了半天，随手就扔了。这个乞丐根本没有正眼看一下眼前昂贵的轿车、电器、家具，他只是木木地望着物流。不一会儿，他兴奋地仰起头来，他看到了一块月饼，立刻放进嘴里，高兴地嚼起来。

老板杜凯也紧紧跟在叫花子和人群后面，他们一起随着滚滚的物流拥挤着前行。这时，他才发现，大家被一根隐秘的细线紧紧地拽着往前拥去。无论是追逐者，还是被逐者，都没什么可在乎的，反正都被牵着跑。

忽然，他在一个角落里，看到了曾经心爱的姑娘，那个时刻喜欢黏着他的小姑娘。此刻，姑娘正在拼命地追逐着什么。他很担心那些东西会砸着她，他大声呼唤她的名字。姑娘只是淡淡地看了他一眼，根本没有停下来的意思。曾经海誓山盟相爱一辈子的姑娘，眼里只有那些昂贵的物品，她顾不上看看曾经的爱人。她所有的心思都在那些奢侈品上。那可是她梦寐以求多年的啊！从小，姑娘的父亲体弱多病，瘦弱的母亲承担起了一家老小的需求，别说穿好看的衣服，连孩子们的吃饭都是问题。手巧的母亲把老大穿过的旧衣服改一改，再让老小穿上，一家人艰难度日。现在，姑娘长大了，再也不想过那样的苦日子，也是情有可原。他怜惜姑娘的身世，曾承诺会让姑娘拥有富足的生活，姑娘抿嘴一笑，没有说什么，眸子里满满都是对未来生活的憧憬和期盼，连他自己也沉浸在对富丽堂皇的新房想象里……

蓦地，他缓过神来，眼前还是流淌而去的洪流。人们焦急地抢着看中的物件。有个精神病人也乐呵呵地捡东西。他看到心爱的姑娘脱去了高跟鞋，只穿着袜子，不顾洪流的冲力，巧妙地从洪流里捞起盒装的金银珠宝，速度就像海鸥钻进巨浪里打捞小鱼儿一样飞快。姑娘美滋滋地把珠宝捧在手心里，用鲜艳的嘴唇“嘣儿”地亲了一口，紧紧地贴在胸口。记得以前，等她出门都要半天时间，姑娘总是有些慢吞吞的。逛会儿街，她就累得提不起劲。而眼前，姑娘却是如此手脚麻利，动作轻快，曾经心爱的人已经变得令人费解。充满诱惑的洪流继续流过，他的姑娘看看这个，瞅瞅那个，不知道要抓住哪个。当她抓住这个家具时，那个家电就流走了。她要发疯了，流走的电器她曾在哪个富人家见过。当时，她还幻想自己也拥有那样高档的电器该多好。最后，她还是选择了一件貂皮大衣，刚刚拿起大衣，却看到苹果电脑，她丢掉手中的东西，想抱起苹果电脑，却又看见昂贵的红木柜子、椅子、真皮沙发，仿佛经过主席台前的阅兵似的排成队，浩浩荡荡经过。姑娘赶紧松开手，冲向红木家具，却不小心被什么绊倒，她仰面倒下去，又看见价格上千元的马桶从眼前飘过，她很快读到了马桶上标的牌子。“天哪！”她好喜欢这些东西啊！这时，一些大包装的箱子挤压过来，姑娘被淹没在其中，只露出头来。姑娘在洪流中挣扎，双手抓住了一个包装高档的双人床，她挣扎着，露出了上半身，拼命地爬到了大箱子上面。他喊了一声，可是，姑娘似曾相识地看了他一眼，继续随着产品的大流而去。

此时，他的手机开始有信号了。他打开视频，正在播放国家级文艺晚会，播放歌曲《折翼的蝴蝶》，晚会背景是蓝色的海洋，泛着金色的波浪，海鸥在空中飞过，一个五角星状的闪光灯在闪烁，水火之间是畅游的金鱼。三男三女穿着露脐装在伴舞，一名男歌手头顶绿色辫子，身穿金片坎肩，双手一副黑皮手套，用一种现时流行的沙哑音在激情地唱歌。当他唱到高音时，台下的观众纷纷站起身，拍着塑料手套。台上，伴舞的、海鸥、金鱼都在舞动。其间，歌手开始说快板一样说唱了一段歌词，女伴舞开始披开头发三百六十度摇起头来，男伴舞们干脆躺在地板上，脊背撑地旋转起来，忽而倒立，头顶地，晃动着四肢……

此时，一阵温柔动听的歌声传到他耳边，是妈妈的声音。记得，以前在家乡的草原上，在毡房里，只要有聚会，就会让他唱一些优美动听的哈萨克民歌。“哎……你那美丽的容颜，在我眼前，我的心肝儿。”那时候，他常常能感觉到自己的歌声可以穿透毡房，传到草原上，飞过大山，飘到高峰上。放牧时，面对辽阔的草原，他常常情不自禁唱起歌儿，尽情地放声歌唱，感觉自己也随着歌声飞起来，翱翔在蓝天白云之间。当然，他也曾经在网上搜寻自己喜爱的歌，可是怎么听也觉不出那种自由和洒脱，失去了民歌具有的淳朴和天真，可惜了，没有了原汁原味。

此刻，手机视频里，晚会到了高潮，一片欢腾景象。

最近，公司里来了个年轻人，据说，他就能倒立着用头“走路”，凭这本事，他正在申报吉尼斯世界纪录。起初，经理还不太信任他，后来听说他的“顶头”功夫，开始对这个年轻人刮目相看，经常夸奖，甚至涨工资，年底还发奖励。看到经理如此偏爱这个小伙子，公司里其他年轻人也开始模仿他，纷纷苦练“顶头功”，练习用头来走路和爬楼梯。

此刻，他在洪流中看见几个头顶地、脚朝上的人，仿佛在跳舞，又像逃跑，但更像是在追逐洪流中的物件，令人费解。

他所在的城市中心有道“彩虹桥”，其实就是天桥。他经常站在天桥上，一眼望去，城市里的大街小巷仿佛蜘蛛网一样密密麻麻地排列，熙熙攘攘的人群、密集的车流来来往往，构成了“物质的洪流”。

“折翼的蝴蝶！”他想起小时候，在夏日的草原上，无忧无虑，感觉不到时间的流逝。他总是光着脚，从早到晚，不知疲倦地跟在蝴蝶后面。他多么喜爱那只蝴蝶，用小手捧在胸口，生怕不小心折断它的翅膀。他的手上沾着红的、绿的、黄的、粉的花粉……

眼前的洪流里，早已不见了他曾经爱过的姑娘。

“你是我的小呀小苹果……”手机响了，哦，他站在那儿，仿佛梦醒的人，我在哪儿？我在这儿发什么呆啊？我要去哪儿？他脸上一片茫然，只好打开手机“导航”，寻找自己的方向。

小 工

和往常一样，我站在闹市中央，胸前挂着一块薄木板，上面用汉语和哈萨克语两种文字标明我的工种。

大街上，人山人海，车来车往。只有集市边的小角落才是我们这些临时工的地盘。可别小看临时工，我们会做的事儿可多了，修电器、通水管、搬家、打扫卫生等所有的体力活儿统统都会干。每天，我们站在老地方揽活儿，有些人运气好，很快有雇主过来谈条件，带着那个幸运儿扬长而去。留下那些还没活儿的小工，带着羡慕的眼神目送他们远去。

我们私底下把那些雇主称为“老板”，不管他们有没有钱。我们站在这里最大的愿望就是能被这些“老板”看中。不管他们带走我们后会去哪里，会接什么活儿，只要被雇主看中，就是小工们莫大的幸福。每天都会有一些人被雇主带走，那可比中头彩还高兴，被选中的小工乐颠颠地跟着雇主走了，留下那些还未找到活儿的人继续待在原地守望，他们用一种期盼的眼神巴巴地望着来往的人群，希望有个人过来领走他们，今天的生活才能有着落。世人是无法理解和体会这种毫无着落的打工者的心酸和悲苦的。

我们生活的城市，车多人多，一派繁荣景象，按理说就业机会应该不错。但是，我们的打工生活并不是很顺利。一句话，打工的日子不好过。干临时工的人很多。就算小工被雇主带走，还要担心一大堆事儿，且不说雇主安排的活儿有轻有重，去干活儿的地方有近有远，最头疼的还是雇主对待我们的态度和为人。这些“老板”也分种种，其中不乏出手大方、不计较的阔老板。但也会碰到一些爱挑剔、扣工钱的“葛朗台”式的吝啬鬼和铁公鸡。遇到和气的雇主，我们的活儿干得好，令雇主满意，“老板”会大方地支付你应得的报酬。但也会碰到极其刻薄的主儿，无论你的活儿干得多好，他也会鸡蛋里挑骨头，甚至会恐吓你：“哎，你要是活儿干不好，就别怪我不客气。”这样的人会在你埋头做工时，还在你耳边唠叨个不停，以为他付了点儿工钱，你就得卖命似的使劲出力，还要听他的指挥。他会黏着你不断问东问西，生怕自个儿花冤枉钱。遇到这样的“老板”，只能自认倒霉，手脚利索的快快干完活儿即离开。最过分的是干了一天的活儿，连工钱也拿不上，两手空空地回家。凡是打临时工的人，哪个没有经历过雇主的刁难？但是，哪怕打工之路如此艰难，我们还是期盼有活儿干，只要能干活儿，总比站在那儿干瞪眼强啊！

尽管打工生活不易，但阻挡不住我们苦中作乐。每次干完活儿，工友们围成一圈参与到同一个话题当中：讲讲各自的经历，特别是对雇主进行评论。那些抠门的雇主会成为我们重点模仿和嘲讽的对象。那些讲道理的雇主，我们会交口称赞，并希望多遇到些大方的好“老板”。我们相互吹嘘各自的雇主，打赌谁的运气好，争论一番，甚是热闹。打工的生活在工友们的欢笑声中不再那么压抑。

这一天，我照例早早来到集市找活儿干，站了一天，也没等来雇主。已经好几天了，我只能站在那儿，却没有活儿干。每天早早来，太阳落山时才拖着疲惫的身体回家。哪怕没活儿，我也不敢早点儿回家，我害怕看到家里人等我进门时那种期盼，希望我挣到钱，就可以支付快到期的房租，媳妇儿也快生了，先前问朋友借的钱也该还了。身上的衣服也旧了。别说买新衣服，连一家人吃饭和睡觉的地儿都成了难题。残酷的现实摆在面前，一个个生计问题跳出来，要是再找不到活儿，日子咋过呀？租的房子快到期了，媳妇儿也快要生了，先前问朋友借的钱也该到还的时候了，身上的衣服旧了，别说买新衣服，连吃饭和睡觉都成了难题。残酷的现实一一摆在面前，一个个生计问题钻入脑海，躺也不是，坐也不是，如坐针毡。我站在热闹的集市中心，却感觉像是站在高楼的顶尖上一样恐怖。来来往往的车流仿佛暴雨来临之前搬家的蚂蚁一样密密麻麻，我脚下已经变成了深不可测的悬崖。就像斯蒂芬・霍金的黑洞理论一样，我眼前的柏油路已经变成了巨大的黑洞，我要是稍不留神，就会像个饺子一样被吸到车流底下。这个城市就像一个巨大的剁饺子馅儿的机器，车流是它锋利的刀片。我的脑海一遍遍出现这样恐怖的画面，就像得了重感冒时做的噩梦。说真的，我真切地感到自己正站在高楼的顶端上摇摇晃晃，远处隐约闪现的街道，蔓延到城市的深处，阴森而又可怕，但我还是渴望走进去，被吸进去，天啊，多么矛盾！

忽然，我被一个声音唤醒：“小伙子，哎，我跟你说话呢。”

哎呦，在城市嘈杂的噪音中，我竟然发呆，没能及时听到老板来了。我一下子清醒了，眼前站着一位约莫四十岁的先生，身材略微发福，显得挺气派。他像在屠宰场挑选待宰的牲畜一样抓了抓我的肌肉，这位老板的眼神和他的声音一样严肃有力。

“小伙子，想找活儿干吗？”

“当然，要是您觉得可以，不过……”

“不过什么？”

“得是我能干得来的活儿。”

“没问题，跟我走吧。”

老板二话不说，根本没听我在说什么，就把我拉进了他的宝马车。宝马车就像骏马一样疾驰开去，老板不说话，车里陷入死一般的寂静，让我感到全身都不舒服。平常，我都会平静地对待前来雇人的老板们的眼神和态度。今天，这个老板太不一样了，一副很神秘的样子。随着宝马车缓缓开进一座郊外的豪华别墅，我感觉时光仿佛穿越几个世纪一般漫长。这位老板究竟要让我干什么活儿？这人可信吗？哎，反正也没退路了。我的脑子塞满了各种疑问，只好硬着头皮看看咋回事儿。

到了别墅前，院子里开满了各种鲜花，所有的布置都透露出华丽的气派，连脚下踩着的地砖都是大理石的，处处闪耀着富贵的光芒，简直可以刺花人的眼睛。我感到自惭形秽，“哎呀，我太卑微了，以前我是怎么活着的呀？”我的自尊心受到了前所未有的震撼。

老板让我在院子里等等，我用眼角扫视着院里的一切，它们好像有权势的主人一样挤对你，让人浑身都不舒服。大约一根烟的工夫，那位先生带我去了一个单独的房间，从一个棕褐色的柜子里拿出一堆衣服扔到我面前：“小伙子，把这些都穿上。”撂下这句话，他走开了。我看到所谓的衣服就是厚厚的棉袄和裤子，还有一个像电影里化学或细菌战争里军人戴的有呼吸孔和眼孔的头盔，一副长手套，长度到膝盖的军用靴子，这是一套特制的防身服。我觉得后背发冷汗，不会是让我去搏斗或进行谋杀、走私等可怕的事情吧，天啊，我真后悔来到这儿。以前也听说过有钱人以丰厚的报酬雇用杀手，后果都是被抓进监狱。眼下是不是那种情况？

老板又回来了，强调道：“你得穿上我给你准备的衣服，否则没法干活儿。”我低声问道：“老板，您到底要安排我干什么活儿？”他还是那个劲儿：“你不需要知道要干什么，等会儿干活儿时就会知道答案。我们把一切都准备好了。”

他的声音非常严厉，让我明白事到如今，说什么也没用，只能按照要求干活儿。看情形，不管等待我的是什么，我只能冒险试试了。我像吞下了毒药一样，肠子悔青了也没用。我慢慢穿好所有的装备，那老板还特意把我从头到脚检查了一遍，就像我要上台参加拳击赛那样。当他拿出一条长长的麻绳缠住我的双手时，恐怖的感觉一下子就包围了我。我感到怕极了，他却平静地说："为了安全！"我战战兢兢地问道："这活儿危险吗？""危害不到你，我只是担心巴伦。""那么说，巴伦……""好了，别问那么多了，我们走吧，巴伦等急了。"可以看出，他并不关心我的安危，而是关心和我干活儿相关的那个巴伦。我嘀咕着"巴伦、巴伦"，什么意思呢？我听说过英国人似乎称贵族为巴伦，我算知道一点儿历史，难道和我碰头的是一个高贵的家伙？

老板把我带到了院子的一个角落，四周用涂了绿漆的铁丝网围成一个高高的铁笼子。铁笼旁，长满爬山虎的棚子里坐着一些人，可能是老板的家人和朋友。看到我和老板过来，他们显得很激动，仿佛急切地期待一场晚会快点儿开幕一样。

老板砰的一声打开了铁笼子的门，对我说："请进。"

"先生，我不想干这活儿了，可能我干不好。"

"什么，你这不是明摆着愚弄我吗？"

"我，我不是愚弄你，大哥，真的……"

"不想干了，今天你就别想从这儿出去。"他一副凶狠的样子，还给其他什么人示意，"哎，快把巴伦带过来。"我的双脚已经站在铁笼里的木地板上，我已经没有退路了，我全身发颤，脑子里一片空白。过了一分钟左右，仿佛是别墅管家一样的年轻小伙子牵来一只用铁链子绑着的毛茸茸、狮子头、高大威猛的花斑狗。

咦，他们这是要干吗？难道是让我杀死那只狗吗？是不是亲手养大的，舍不得自己下手杀死？但我这辈子连只老鼠都没杀死过，我怎么能杀死那只狗呢？只见那大狗，皮毛在阳光下闪耀，看来平日里花了大价钱养护。那狗摇头摆尾地跟在老板后面，还把前爪搭在主人肩上，老板也温柔地抚摸着它的狮子头，一看就觉得他们感情很深。老板怎么忍心杀它？不过，人类是最复杂的动物，今天还爱得死去活来，说不定明天就变脸了。现在，城市里到处有被遗弃的小狗，有各种各样的品种，还有外国狗。它们成群地在公园里、垃圾桶周围找食物。夏天还好过些，寒冷的冬天，好多小狗不是饿死就是冻死，或者被车轧死。这些狗大部分都是有钱人养的，不喜欢了就扔在外面，忘了曾经他们多么喜爱这些小狗。就像眼前的老板一样，他们有钱，心肠就变得硬起来，为所欲为，这就是现实社会。突然，我发现那狗看到我就张开了大嘴，发出长长的哀嚎声，对着我汪汪叫，铁链发出被拽拉的声音。我不怎么了解狗的品种，但我也看得出这只狗很名贵。再看那些铁笼外的"观众"们的注意力全都被那只狗吸引过去。他们这是要干吗？当我还在做各种思想斗争时，我猛地发现老板已经把那只大狗的银环扣、戴在它脖子上的镶着宝石和金子的纯牛皮项圈打开，狗链也被松开了。那狗已经被放进铁笼里，它的主人却在锁门，我和狗同处一个铁笼子里，还没等我反应过来，那只大狗像狮子一样发出一声怪叫，猛地就扑到我身上。我吓得腿都软了，这狗已经张开大口咬住我的衣襟，我差点儿摔倒。但在那一刻，我清醒了，我知道自己身处险境。万一摔倒，这狗虽说是家养的宠物，却是像狮子一样强壮的家伙，可能一会儿的工夫就把我给撕烂。带我来的老板和其他人观赏着一切，不用说，他们根本不在乎我这个可怜的人身处危险时的害怕。他们反而很过瘾地哈哈大笑。当那个畜生那发出臭味的锋利牙齿撕咬我时，幸好我用那个缠着麻绳的手臂挡住了脸，那狗咬住我的胳膊，似乎觉得没有达到目的，就松开了。它继续咆哮着，似乎想发起新一轮攻击，它想咬我一口。我使出力气用一只手抓住它的脖子，用力推开它扑在我身上的两只前爪。那畜生疯了般咬住我的大腿，猛地一甩，压在我身上。看这大狗熟练的动作，肯定是经过了专业训练并和许多高手争斗过的“老手”。我被它压得无法起身，身上的厚衣服防身还可以，但也让人变得笨拙，我努力站起来，给这大家伙一拳。狗受到我的一拳猛击，稍稍后退，但马上又加倍放肆地扑向我。我被这个“猛士”撕咬得汗流浃背，越来越没力气。我的手臂已经发麻了，没过一会儿，我的整个身体都被攻击得发麻。我可怜的心脏似乎要蹦出来一样怦怦直跳。间隙，我透过被汗水浸透而变得模糊的眼孔看见，铁笼外的人们都站起来了，兴奋地为这个畜生鼓掌和助威，他们大声喊：“加油！巴伦，加油！”我的对手——巴伦，人们的呼喊勾出了大狗的动物本性，这个畜生眼露凶光，一下子跳上来撕下来一大片我的衣服。若再咬一口，可能会把我的肠子也咬出来。我全身发抖，头昏眼花，胸口憋闷。我眼前再次出现了那个深不可测的黑洞，黑洞在飞快旋转，似乎一条巨蟒要把我吞进去。在黑洞的那头传来加油声、鼓掌声、狂笑声。我麻木地站在那里，动弹不得，无力回击，只是坚持不倒地。坚持了好长时间，大狗没再扑过来，那畜生似乎累了，它摇晃着，被管家牵走了。我和“猛士”的搏斗终于结束了，这时，我才瘫软在地上。

“太精彩了，你做得很好！”那个胖老板走过来，“在集市上抓你的结实的肌肉时，我就猜到你肯定会让我的巴伦满意的。一般人可受不了它的攻击，因为我的巴伦不是一般的狗，它是英国名贵的犬种。名字为‘卓一盘’，哈，哈，哈，你已经非常了解它了吧？嗯，你现在明白今天干的活儿怎么样了吧？嗯，我的巴伦这段时间老是一副无精打采的样子，它是感到无聊了。所以，我请你来干这个活儿，就是为了让巴伦发泄出来，它的心情也会好起来。我对你很满意，我曾经想让巴伦和那些大狗斗斗，又害怕巴伦受伤，力气小的狗它又看不上。‘无聊’这个词很特别，人和狗都会有无聊的时候，人无聊起来还真是可怕。我和我的朋友们本来挺无聊，欣赏你和巴伦的搏斗，让我们一下子开心起来。巴伦开心，我们也开心了。那会儿，你不知道我给你安排什么活儿，你慌张害怕的样子还挺搞笑，哈哈哈！”我惊魂未定地听着老板的一番讲话。

我机械地脱下被汗水浸透的“防身服”，抚摸着我疼痛的身体。

老板径直过来扔给我一沓钱：“来，把这个拿上，就当是巴伦或是‘卓一盘’给你的奖赏吧！”

我抬头一看，竟是一沓美金！我们干苦工的干多少年也没法赚到这么多钱！但我还是没有伸手去捡钱。

“怎么，嫌少吗？这可一点儿也不少！比你干苦工赚大了。”老板有些扫兴，他硬是把钱塞给我，“你的表现很好，满足了我的巴伦，我开车送你回家吧。”

“不用了，先生，我自己会走路。”虽然，此刻我已经快虚脱了，站都站不稳，但我只想一个人快点儿离开这个鬼地方。

我使出最后一点儿力气，走出老板的豪宅，迈着蹒跚的脚步往家的方向走着。装在口袋里的一沓钱，不像是钱，倒像是沉甸甸的石头，压得我喘不过气来。我拖着疲惫的身体往前走着。我为自己感到屈辱和绝望。明天，工友们问我，我该怎么说？总不能说我和狗打了一架，挣到了一沓美金……

今天的斗狗活儿真是累坏了我，我睡过去了。梦见那个铁笼子，但和我搏斗的是那个老板，而那大狗巴伦却像人一样舒服地靠在真皮沙发上，抖抖嘴角上松垮的肌肉在狂笑，它观赏着我们的斗殴，偶尔还拍拍它那毛茸茸的爪子……

云在动

斯尔哈拜老人躺在毡房右侧的地床上，两眼紧盯着毡房天穹处露出的天空。斯尔哈拜老人年岁大了，双眼已经有些昏花，但当他在看天空时，双眼还是显得炯炯有神。看哪，云朵一团一团仿佛一条河流中的冰块，一会儿聚在一起，一会儿散开，一会儿连成一片，动也不动。老人聚精会神地盯着变幻的云朵，想找到最耀眼的星星。噢，云在动……闪眼的星星。

斯尔哈拜老人不由得发出一声叹息。他已年过八十，身体却还算硬朗。也就最近一个礼拜，他感到有些心慌气短。老人家明白，虽说自个儿的命不是这两天就到头了，但也为期不远了。他的心情也变得黯淡，心想："哎，人就是这样，年岁越大越开始怀念青年时代，那时候，年轻力壮，双目有神。如今，快要走到头了，才意识到这个世界的珍贵，换作谁都会无限留恋这个充满生命力的世界，哪怕其中也有许多遗憾的日子，曾为这片土地挥洒汗水，怎能不愿意停留脚步，哪怕是一天，也是极大的幸事。只是，只是，可恶的病魔来了……"

现在，老人甚至能感觉到似乎连天上的星星也仿佛对他不屑一顾。"古老的传说中，世上的每一个人都有属于自己的生命之星，天上的每颗星星都预示着一个人的生命，每个人的幸福和苦难、生命轨迹都被刻在那颗星星上。天上掉落一颗星星，地上就会少一个生命……哎，这些云朵，都不想让我看清我的那颗星星在哪儿……”斯尔哈拜老人执着地盯着云层，忽地，云团里一颗闪亮的星星跃入他的眼里，“哦，那个最可爱的人，和这颗星星像极了，璀璨夺目……”老人陷入了曾经的回忆之中。

人来到这变化莫测的世界，注定要遭遇各种各样的磨难吧？

那时，斯尔哈拜刚满二十二岁。夏日，他沿着河边打鱼，漫长的冬季，他会身背弓箭以打猎为生。那年春天，牧民开始转场夏牧场。因为没有驮运家什的牲畜，他和父亲，还有几个牧民一起来到额尔齐斯河边打鱼。他们用斯尔哈拜父亲凿的独木舟，再加上几张破网拼成的渔网来打鱼，可以勉强支撑五六家人的生活。在那动荡的年代，他们生活的希望就在那个独木舟和破网上。每当开始拉网的时候，几双眼睛都紧紧盯着河面，仿佛网上来的是他们的亲人一样，那眼神充满希望又急不可待。为有个好运气，他们每次撒网前都会确定一网的收获给予船上的某一个人。

但是，最近因为土匪猖獗，白天下河打鱼就不可行了，他们只好等到傍晚才撒网。这天，他们趁天色还没黑下来，撒了好几次网，都没捞上来几条鱼，直到最后的一网轮到斯尔哈拜。他们往上游挪了一百多步，突然听到周围传来嘈杂声，他们收回渔网，静观了一壶茶的工夫又开始撒网。这一网出奇地重，费了他们九牛二虎之力，好不容易才拉到岸上。斯尔哈拜特别兴奋，他估计这次捞上来的不是大红鱼就是其他叫不上名的大鱼。只是，愿望总归是愿望。当斯尔哈拜激动地在夜色中将乱缠在一起的渔网展开时，突然像摸到了蛇一样恐惧地倒退了几步。原来，他的手摸到的是一个女人的粗辫子。

“是人的尸骨！”他身边的人也惊恐地叫出声来。

斯尔哈拜的父亲听到喊声，立刻赶过来跪在网边，轻轻地用手拨开渔网：

“哦，天啊，可怜的姑娘，还有一口气，你们都过来吧！”

老父亲让他们把那姑娘抬到一个坡地上，头朝下趴在那儿，等她把肚子里的水吐干净，渐渐缓过来，他们在低洼处架起火，把姑娘抬到火堆旁，揉她的手脚。借着火光，斯尔哈拜看到姑娘脸上有一颗麦粒大小的黑痣，他受惊般缩回了正在为姑娘揉胳膊的手。

“啊，她的脸，那黑痣，天啊，是她，命运的双手真会折腾人啊！”斯尔哈拜感到一阵慌张，更有些耻辱。

人对财物的贪婪会导致一些过激行为，而这种冲动造成的后果会给人带来一辈子的悔恨。就在昨天，斯尔哈拜悄悄地乘上独木舟，逆河流而上，抵达喀拉恩盖河滩到了河对面。三天前，他与另外一个朋友曾这样去过河对面，从那些因为战火丢弃的空毡房里拾走一些可用的财物。斯尔哈拜想着自己再试试运气。他过河后，在一个较为隐蔽的地方固定好独木舟，突然听到马蹄声和人的呵斥声。斯尔哈拜立马钻到柳树丛中藏起来。他明白这是匪徒可能又来这里了，因为有两个男子赶着马群往山那边去了。

马蹄声刚过，就看到一支迁徙的驼队，只有妇女、老人和孩子组成的队伍，没发现一个成年男人的身影。这些女人骑的都是走马，一律配着银质马鞍，一看排场，就是大户人家的搬迁。特别是其中有一个年轻女子胯下的枣红马引人注目。斯尔哈拜的心里开始痒痒了，“要是能搞到这样的走马，就等于插上翅膀。要是有了这马，我年迈的老父亲就轻松多了，再看看，这些女人都被追赶得走不动路了，我若抢走枣红马，估计她们也追不上。她们也不认识我，我只要跑远了，不就行了。再去给老父亲撒个谎，不过，只是……”斯尔哈拜又开始有些犹豫。

这当口，队伍从他藏着的地方经过，那个年轻女子竟下了马，收紧了松了的马肚带。看那枣红马体形匀称，仿佛小马驹般可爱。这时，它竟然竖直双耳，美丽的一双眼睛紧紧盯着斯尔哈拜藏身的地方。转眼之间，斯尔哈拜蹿出去，吓得没有防备的年轻女子叫了一声就晕过去了。斯尔哈拜一个箭步冲过去，抓住了缰绳。其他女人号哭着抱起昏倒在地上的女子，另外几个看到他是个哈萨克人，壮着胆围过来央求："年轻人，我们都是哈萨克人啊，不要抢走我们的马，求你了！""孩子，没有了马，我们会被土匪抓住的！"

斯尔哈拜看了一眼苦苦哀求的妇女们，又看一眼踱着步的枣红马，开始有些犹豫了。

"只是，这匹枣红马，才是真正男儿的翅膀，要是骑着它，那该多威风……可眼前，这帮女人的央求……算了，不管是做巴特尔还是做贼，都需要果敢一些……"下定决心后，斯尔哈拜不再犹豫，他飞快跨上马背，扬起马鞭冲出了妇女们的包围圈。

斯尔哈拜生平第一次骑上如此快马，连缰绳都没碰一下，此刻他骑在快马上，打心里感到酣畅淋漓的快感。斯尔哈拜心旷神怡，感到自己快飞进云里去了。直到他回到拴船的地方，看见树枝断了，船也不见踪影，他仿佛被一鞭子打在脊背上，猛地清醒过来。

"天啊，我做了什么，船不见了，岂不是断了五六家人的口粮，不行，我得把船找回来……"

斯尔哈拜正要转身去寻找船只时，突然，嗖的一声，一支利箭擦过他的肩膀落在地上，接着，他听到一个女人的呵斥声：

"站住！"

他惊得猛回头，先看到已经满弓待发要送他见死神的箭镞，再看见一个十七八岁的姑娘。姑娘大声喝道：

"要命还是要马？从马上滚下来！"

一声命令，让刚刚还得意忘形的斯尔哈拜恢复了原状，他的身体像干透的牛粪块从马上被扔下来般，“咚”的一声，自个儿从马上掉下来。

“你这个没有廉耻的东西！亏你是男子汉，啊，土匪践踏我们的故乡，你不仅没有到前方战线上去拼命杀敌，反而在这儿抢劫战士们的家属，抢劫母亲般的人，你还算是人吗？杀你都怕你的血脏了这块土地，快把马牵过来。”

恨不得钻到地缝里去的斯尔哈拜羞愧无比，他低头把马缰绳递过去，偷偷瞟了一眼，天啊，姑娘眼中的火焰比刚刚的利箭还可怕。斯尔哈拜低着头来到河边，打算涉水过河，再次听到姑娘的命令：

“站住！”

……她要动手了吧？恐怕是我下河后会脏了河水，所以在此刻要……想到这些，斯尔哈拜扑通一声跪下来：

“饶了我吧，我再也不敢了。”

“你快过来，骑上马！土匪快要到了，你若被抓住，一定会死的，听着，别再干这种偷鸡摸狗的事儿，回去后好好过日子。你先骑着马过河，过河后把缰绳放在马背上，再把马赶向我这头，不要耍心眼，你想跑也跑不了。”

斯尔哈拜哆哆嗦嗦地从姑娘手中接过缰绳，注意到她的右脸上有一颗黑痣。

姑娘的一番言语像刺一样扎在斯尔哈拜心上，直到他回到打鱼点后好久，羞愧感一直盘旋在他心头，挥之不去。

他们俩真是冤家，这不，再次遇到那姑娘，等姑娘苏醒后，也会再次认出那个“没脸的”斯尔哈拜。

可怜那姑娘挣扎着，翻了一个身，发出了绝望的一声诅咒，充满了恐惧和愤怒：

“畜生！天良丧尽！”

斯尔哈拜低着头从火堆旁退了出来。

姑娘喝过几口热水，才算完全醒过来。她环顾周围，见都是和自己一样的平民百姓，才将自己的遭遇说了出来。斯尔哈拜躲在黑暗处静静地听姑娘的诉说。

姑娘的名字叫达丽哈，她父亲克勒什拜是这片地区有名望的富贵之家，老人家年轻时曾是知名的巴特尔。姑娘家境优越，在父亲的影响下，她打小就崇敬英雄，喜爱射箭比武，练成百步穿杨的好功夫，并多次在大型聚会上，战胜所有射手获得射币比赛的冠军。近几年，土匪猖狂，所有男子都上战场奋勇杀敌，留下一些孤儿寡母和女人留守家园。无奈，土匪势力强大，人数众多，逼近草原深处。达丽哈所在的阿吾勒也遭到了土匪的接连洗劫。

就在那天，天色已近黄昏。达丽哈和同部落妇孺们的迁徙队伍，突然遭到一伙土匪的侧面攻击，他们上来就杀了几个试图反抗的女人。达丽哈用利箭射死了好几个土匪，进行抵抗，掩护剩余队伍进入了芦苇地。不幸的是，姑娘的马掉进深坑，她被四五个土匪生生押走，其余的土匪还继续追逃难的人们。可怜的达丽哈，看着眼前惨遭杀害的乡亲，痛不欲生，对这些野蛮的土匪越发痛恨。达丽哈想到了自己的处境，自己和亲人的命运，觉得只有一死才能维护尊严。

不过，从土匪们的言行举止来看，他们目前还不想杀她，而是想把她作为战利品送给土匪头子。所以，这些人目不转睛地盯着她，生怕她出什么意外，马不停蹄地赶路。达丽哈猜到了土匪的意图，内心升起一股寒意，她望了一眼额尔齐斯河河谷，此刻，她的亲人和同胞们就藏在芦苇丛中。他们都是手无寸铁的老人、孩子和妇女。突然，河谷弥漫起一股浓烟，原来土匪追杀不成，竟然放火烧了芦苇丛。

达丽哈怒火冲头，她瞪着那双美丽的眼睛，只想挣脱绳索去救乡亲们，只是被土匪打了一棒，让她全身发麻，晕了过去。

直到夜幕降临，达丽哈才醒过来。在哈拉温盖浅滩边，河道边的陡岸上，全是黑压压的土匪，他们正在饮酒作乐。达丽哈被押到那里之后，拉下了马。一个土匪赶紧跑到头目样子的黑脸壮汉那里，嘀咕了几句，黑脸壮汉走过来，一把抓住地上的达丽哈的下巴，借着火光贪婪地看了看她的脸，似乎很满意，叫人为达丽哈松了绑，又想扶起她。达丽哈假装昏厥，没有动弹。黑脸壮汉回到原地，开始犒劳那几个抓她来的土匪，他们开始无节制地喝酒、唱歌，不时有吵架和斗殴的声音。达丽哈躺在一边偷看着土匪酗酒的丑态，不时悲愤地想道："土匪如此猖狂，是因为我们的男子汉们战败了吗？我们再也不会有美丽的草原了。与其这样，不如……"可怜的姑娘万念俱灰，突然，她的头脑中升起了一个念头，可怕又令人振奋。

达丽哈乘着土匪们喝酒作乐，无暇顾及她时，她悄悄地滚向河边，听到河水的汩汩声，她又感到心脏突突跳个不停，浑身无力。

额尔齐斯河河水在缓缓地流动，星星的影子在河面上闪烁着，亮晶晶的，真好看。"哦，多么美丽的世界！可是，我将要和它离别……"达丽哈闭上了双眼。

她听到脚步声在靠近，土匪肯定发现了她，正在向自己跑来。

达丽哈心里很清楚，此刻只要再犹豫片刻，她将要失去这个唯一保住尊严的机会。"不，额尔齐斯河，我来了！您怎样用宽阔的胸怀迎接我降临到世上，就再次接纳我吧，我今天要以纯洁的身体回到您的怀抱中去。"

达丽哈毫不犹豫地滚下了陡崖，河水上闪烁的星星被击碎了，土匪们气急败坏地向河水发射了密集的乱箭。

土匪不甘心，顺着河水追了一段路，看到达丽哈时而沉入河底，时而又露出脑袋，过了一会儿，似乎被漩涡吸入水底再没有出现。土匪恶狠狠地朝着河水胡乱射了一阵乱箭，回去了。

达丽哈在冥冥中看到了火光，仿佛听到有人在说话，以为自己又落到土匪手中，才使劲挣扎反抗……

斯尔哈拜老人又一次盯着帐篷巴掌大的天窗，他看见涌动的云团中那颗最亮的星星，依旧是那么明亮，甚至越来越近。

老人坐起来，只是，他的眼睛还是盯着那颗星星。他伸出手顺着花毡摸索了好一会儿，才握住一小把黑土，他把黑土摁在胸口，屈身坐了好久。老人的大儿子还以为他胸口疼，想拿开老人手中的黑土，可是老人不愿意。

……从那天起，达丽哈暂时留在这里，只是她的状况一天天变差，尽管复仇的愿望支持着她脆弱的身体，但对亲人的思念和担忧一直折磨着姑娘的心。达丽哈常常背着别人哭泣，美丽苍白的脸上挂着悲哀，她多次请求道："我要回去，与其在这儿憋着，还不如去找我的亲人，我要去报仇。"

"你一个人会遇到土匪的，他们还没走远，你的身体也需要休养一段时间，到时我们会护送你回家，我们怎么可能对你坐视不管呢！"众人劝她别走。

有一回，斯尔哈拜去了趟河边往回走，看到她一个人坐在树下叹气。他猛地感到胸口似乎被一种看不见摸不着的东西狠狠地敲了一下，心儿怦怦跳个不停。自从那次在劫马事件中被姑娘羞辱后，斯尔哈拜的心就像死了一样，良心的谴责让他浑浑噩噩地度过了这段日子，可是，残酷的命运似乎还嫌不够，非要置他于死地一样，又把她送到他眼前。陷入羞愧和自责当中的斯尔哈拜，别说正眼看姑娘，连听到她的声音都会躲得远远的。无意中和她四目相对时，他会感到姑娘白皙的脸庞上衬着黑眼睛，会透露出一种冷漠和蔑视的余光。

而她根本没有注意到身边有斯尔哈拜这样一个人，她只对斯尔哈拜的老父亲吐露一些伤心话。尽管如此，斯尔哈拜还是想见到姑娘，哪怕只是在远处看看她的身影也可以。

姑娘的冷漠不仅没有减弱小伙子的希望，反而让心火越烧越旺。毕竟，这是一种建立在对曾经的过失感到自责，加上在姑娘面前感到无地自容的羞耻感混杂在一起迸发出的强烈情感。达丽哈姑娘虽然对他的强烈情愫有些察觉，但还是用冷漠来回应他。

他好不容易找到一次机会向姑娘倾诉了自己内心的愧疚和情愫，却听到姑娘哈哈大笑："你说，一个连自己的同胞和故乡都不爱的人，哪还有资格说爱别人呢？我要爱的人是为了人民而生的男子汉，而不是懦夫！"平日里不爱说笑的姑娘此刻说出的话语像一把尖刀刺进他的心脏。

为什么，对人来说，理智和情感永远是冲突的？斯尔哈拜脑海中充斥着纷繁复杂的想法：去姑娘面前赎罪……可她还信吗？恐怕把自己的心掏出来也不会打动她……把她的样子从自己脑海里彻底抹去？不，永远也不可能！

反正，他似乎天生就注定要受罪！这不，斯尔哈拜又一次看到姑娘像是打碎了仇恨和悲伤的毒药瓶似的坐在树下，心里感到无比地难过。

达丽哈姑娘用她那戴着镶了宝石的金戒指的洁白手指，从地上抓起一把黑土，紧握着蜷在那里。突然，她昂起头，双手将黑土捂到胸口处，望向远处布满乌云的山峦，坐了好久。她眼中满含泪水，脸上呈现出一种只有临死之人才会流露出的可怕表情。斯尔哈拜再也不忍看下去了……

无法摆脱的痛苦想法盘踞在他的脑海中，挥之不去。

“哎，我真够惨的，连姑娘的一个正眼都得不到！要是我能像勇士们那样，经过血与火的战场而受伤倒在她曾用双手紧握黑土捂着的胸口上，达丽哈姑娘肯定会亲吻我的额头，对我来说，那该是怎样无尽的幸福！是啊，我哪儿比别人差？虽不能射中野山羊的眼睛，但我也算是个箭无虚发的射手，我的体力也很强。既然有那么多男子汉为了保卫故土和同胞去了战场，那我也可以啊！不过，需要一匹赴战场的马……哦，那匹马……不，我一定要为同胞、为达丽哈而战！”

那个夜晚，斯尔哈拜偷偷坐上小船过了河。自己人在哪儿？哪儿在打仗？他一概不知，他只知道跟着战鼓声走，也许会找到自己的队伍。渺茫的希望支撑着他在黑夜中前行，还夹杂着仿佛遥远夜空中毡布似的乌云深处透出一点星光般的担忧。

想起那夜的战斗，就像毡房的边角冷不丁钻进一条蛇那样，让人胸口发冷。但是，他为了达丽哈姑娘和同胞们而战的决心从未动摇。

黑夜中，他隐约听到远处有战鼓声，便循着声音一路走，走到天亮的时候，恰好遇见两队人马正在激战。在被称为“死亡红柳滩”的沙丘地上，嗖嗖作响的利箭像无数觅食的蜻蜓般穿梭在半空中。看来，敌我双方已经对峙了一夜，时不时敲战鼓给自己助威而已，真正的厮杀此刻才开始。靠近斯尔哈拜这个方向的是准噶尔方，他们的花旗像受伤的鸟儿翅膀一样时不时在红柳丛中一晃一晃。他匍匐爬行到沙丘边的一丛红柳中观望。敌人已经有些撑不住了，开始不断后退，一个手拿弯刀的敌兵已经退到他藏身的红柳丛边上了。

斯尔哈拜凭着一腔热血来到战场，但哪里见过这般刀光剑影的厮杀场面。平日里，他虽然打猎杀死过动物，但从来也没有对同类动过一根手指头。斯尔哈拜强压着猛烈的心跳趴在地上，此刻，想要逃跑那就意味着自取灭亡。如果拔出弓箭……糟糕，那个敌兵已经快退到他身旁。若再等一会儿，他可能会被那个敌兵活活杀死。

“那，我将永远也见不到达丽哈姑娘了……”

斯尔哈拜不知道自己的双手是怎么掐住敌人脖子的，他只是用尽双手的力气使劲，再使劲，直到那个敌兵双眼暴突使劲挣扎，甚至都没感觉到那个敌兵咬了他的胳膊一口。过了好一会儿，他看到敌人嘴角流出鲜血。他想松手，才发现双手已经僵硬得无法动弹。他费了好大劲，才勉强把双手抽了回来。就这样，他生平第一次杀了人。他第一次明白，杀人也不是那么难。他把沾满敌人鲜血的双手在沙地上擦了擦，又把敌人身上的武器拔下来，弓着身子向自己人那边跑去。

那次，斯尔哈拜加入到自己人的队伍后，可以说立下了汗马功劳。他把打猎练就的射箭本领发挥得淋漓尽致，他每射出一支箭必杀死一个敌人。他们把敌人赶到额尔齐斯河边后，战斗变得异常惨烈，他身边的战友一个个倒在了血泊当中，连著名的巴特尔加纳克也被毒箭射中身亡。巴特尔的壮烈牺牲让斯尔哈拜感到腹背受伤，他扛起巴特尔的旗帜，此时此刻，他已将死亡的恐惧抛在脑后，他把仇恨集中在射出的每一支利箭上，奋力杀死一个个敌人才能感觉离蓝天近一些。交战双方已经进入了近距离肉搏的混战阶段。

斯尔哈拜为了故乡、为了同胞，和敌人进行了殊死的斗争，只有敌人的鲜血才能让他感到报仇的快感。他没有一丝动摇：为了同胞，他用大刀向敌人砍去；为了达丽哈，他拼命战斗。厮杀中，他的左肩被敌人砍了一刀。虽说不是致命的一刀，鲜血还是浸透他一身，他感到眼前天旋地转。他踉跄着靠到一棵桦树上，手中的大旗好几次快要倒下，但都一直被他紧握手中。嘴角血流个不停，他感到身体越来越冷。就在那时，他看到刚才那个杀死好多兄弟的敌兵倒下了，紧接着，他感到有一个东西从他头上飞过，“嗖”的一声插在身后的树干上。他想着那可能是敌人射过来的箭，忍住伤痛回身一看，果然是一支箭！神奇的是，说是一支箭，但绝不同于一般的箭。这是一支特殊的箭，箭柄上带有一枚宝石戒指，正是达丽哈姑娘手指上戴的戒指。他因疼痛而模糊的眼睛顿时放出光彩，他忘记了伤口，用血淋淋的手拿起戒指捂在胸口向着对岸望去。河边站着达丽哈姑娘，她看见了，全都看在眼里。

她的出现，给了他无穷的力量，他一把扯下衬衣的一只袖子包住受伤的肩膀，看了一眼正在用箭瞄准妄图过河逃命的敌人的达丽哈姑娘，转身再次投入到战斗当中。

那天傍晚前，当他打败了敌人，走上回家的路，强烈的幸福感使他忘却疲劳，忘记了伤口的疼痛。

是啊，他怎能不幸福？他将拥有日夜思念的姑娘的爱情，姑娘原谅了他曾经的过错，说不定，达丽哈姑娘也在思念他，激动地期盼着见到他的那一刻。

“不，我不会太晚，我马上到……”他拿起戒指捂在胸口上……

老人再次抬眼望向天空，整个天空翻滚着大团大团的乌云。透过云层，那颗明星变得更亮了，它的亮光穿过死气沉沉的天空，仿佛在给老人传递着温暖。可爱的星星像极了一双明亮的眼睛，似乎在对老人诉说着什么。突然，它闪烁出一道羞人眼睛的亮光，留下一道白光逐渐地消失了，一团乌云取代了它的位置。

残酷的命运从不听命于任何人，也不会顾忌任何人的颜面。

……斯尔哈拜一路沉浸在甜蜜的幻想当中，急匆匆地赶回到打鱼点，却看到悲惨的一幕：渔民们赖以生存的草棚已被烧成灰烬，还在冒着余烟。如此凄惨的景象让斯尔哈拜心中一惊，他比同行的伙伴先行跑过去。到处都是老乡血淋淋的尸体，横七竖八地展现在他眼前，全都是被活活砍死的。

“达丽哈，达丽哈！”

他声嘶力竭地叫喊着，可是没有人应答，只有河边树林的回声。他发疯似的到处寻找，终于在树丛中的几个敌兵尸体旁发现了达丽哈和父亲的遗体。姑娘手中还紧紧地握着箭，天啊，她浑身没一处完好，全是一道一道的刀伤。斯尔哈拜泣不成声地倒在她血肉模糊的怀里，悲痛欲绝……

命运给他年轻的心灵留下一道无法解开的心结和遗憾。

从那以后，过了一年又一年。斯尔哈拜成了家，有了儿子女儿，又有了孙子孙女。只是，他对达丽哈姑娘的想念从未停止过一刻。他把达丽哈姑娘给他的宝石戒指当作护身符一样带在身边那么多年，最后传给了他最喜爱的孙女乔丽盘。

老人起身坐起来，对痛苦往事的回忆让他有些激动。他默默地坐着，缓了一口气后才无力地叫了声：

“乔丽盘……”

老人的大儿子看到这一幕，心想：“哎，可怜的人，虽说是快要前往另一个世界的人了，但还是舍不得离开这个世界，舍不得孙子孙女啊！”他立刻把十三四岁的女儿乔丽盘领到父亲身旁。

“父亲，我把您的乔丽盘带来了。”

看到爷爷难受的样子，孩子跪下来抽动着稚嫩的双肩哭了起来，她用双手不停地抹着眼泪。

“我的心肝，快过来！”

老人握着孙女戴戒指的手亲了又亲，后来，他使出全身的气力断断续续地说道：

“别……别忘了……这是一个……一个神奇的戒指……正……

正是因为有了它的护佑……我们才有今天……这是我给你们讲过的……勇敢的达丽哈姑娘的戒指……你们可以忘了我……也不能……忘记她……”说完这些话，老人舒了口气，又躺下了。

老人望着天空急匆匆移动的云团，依稀可以看到一些星星，只是，那颗明星……

过了一会儿，天空下起雨来，雨点落在老人布满皱纹的脸上。一颗星星突然滑过乌云密布的天空，夜空中落下的点点雨滴，也许正是那颗星星陨落时流下的眼泪。

啊，云啊，云在动……

明亮的眼睛

翠绿的松树、淡青的柳树、灰褐的枣树相互缠绕着长在一起，深浅不一地构成了这个茂密的公园。

五月多情的云朵伸长胳膊搭在山脖子上，淅淅沥沥下起雨来，又很快放晴，雨点还未在树叶上站稳便滑向地面，太阳红着脸丢下云彩开始追逐雨滴急匆匆洒向大地。小公园里的树叶、柏油小路、破旧的褐色木椅子仿佛被清油泡过一样变得油亮油亮。穿着相同病号服的病人从窗户感觉到外面的景色，三三两两走向公园。

公园里，灰山雀跳出鸟窝落在横着的树枝上，鸟窝边的一圈小鸟齐刷刷张开小嘴争抢着食物，它们刚刚长出的羽毛参差不齐，像极了被风摇摆的蒲公英花和淡色的冬花，在鸟窝摇摇晃晃。鸟妈妈在雨中用羽翼护着小鸟，此刻拱起身子抖了抖，用嘴梳理自己的翅膀和羽毛。树木紧紧围在一起，公园里安静极了，灰雀“嗖”的一下飞到灰色建筑物的顶上，像石头打出去一样。

“一、二、三、四……有几只小鸟？四只还是五只？不管怎么仔细盯着也数不对……”一个穿着病号服的瘦男孩嘀咕道，“哥哥，您能指给我看世界上的任何东西，是吧？是的话，您不用给我读书，您就给我讲讲人们、树木，特别是太阳的光、天空、沐浴在阳光中的云和花草的颜色。”

“好，好的！”坐在瘦男孩身边的略微年长的小伙子回应着。

“哥哥，我觉得世界上所有的东西都在唱歌，当您给我读书时，它们都会浮现在我眼前，多么美好啊……如果，我从一开始就看不见，就会什么也不知道。”

“嗯！”

“哥哥，那些树会看到我们吧？”

“它们怎么会看到啊！”

“它们会看，只是我们察觉不到。我曾看见过，桦树也有眼睛。”

“啊……”

“前年夏天放假时，我和叶力夏提给它们照过相。白桦树的白色树干上长着黑眼睛，眉毛、睫毛、眼白、黑眼珠，甚至连眼睛上下的眼线都很清楚，看起来特别美丽，只要细心观察，还会发现一个微笑的表情。还有，如果你一直盯着，会注意到它的睫毛在动，甚至能发现它闭眼。”

“怎么会？”

“我们第二次去那里时，我稍稍跑到远一些的小山沟。当我回来时，叶力夏提在那棵白桦树下小便，我注意到白桦树紧紧地闭上眼睛……听说，一棵白桦树还会有孪生的，可我们没找到和它一模一样的树，就放弃了寻找。”

“你们去找了吗？”

“是的，我们找了好久。”

灰色建筑物上空无痕的蓝天好像越盯着看会变得越来越高，仿佛要逃走似的。云也罢，刚才的云雀也罢，平日里笨拙地飞来飞去的鸢尾鸟也不见踪影，他的目光从平滑的天空落到树上……

“肯定有一模一样的另一棵白桦树，我叫叶力夏提一定要找到它。可能另一棵树不想让他发现吧……我自己会寻找。”

栅栏外的小路上有一位白发瘦老头在导盲犬的指引下向这边走

来。那是一只黄毛狗，毛很稀少，胸和脖子上套着一条咖啡色的宽胸背带，胸带绳的一头被抓在老人左手中。老人右手拿着一个褐色竹拐杖，像老人的手指一样印痕突出，底部已经发白，碰到地面时会发出“哒哒”的声响。小狗呼哧着拽着缰绳，冲向公园。

哒哒，哒哒！导盲犬带着白发老人来到平日常坐的椅子前。

身穿条纹病号服的瘦男孩稍稍有些晃动，坐在有靠背的旧椅子上。

“是那个瘸腿的老人吗？”

“是的，就是他。”

“我一听那个碎步拖着走的脚步声，就知道是他，他身旁有他的小狗吧？”

“是的，是那样。”

“他坐哪儿了？”

“老位子。”

“他眼睛是正常的，所以不会太受罪吧。”

“……”

“今天的天气真好啊！”坐在轮椅上的小伙子说道，他用双手交替着摇两个大轮子前行，喘着粗气，“啊呀，现在才知道双脚的价值，曾经的星期天、节假日，双腿生风，想去哪儿就去哪儿。只要能够用两条腿直立行走，其他事算什么？”

小伙子来到斜对面的椅子旁，把轮椅固定好，用手掌擦去额头上的汗水。他自从建筑工地上摔下来，双腿被截肢那天起，对照顾他的妻子、亲戚朋友们一直发脾气，歇斯底里，特别是在给他换药时，他会使劲诅咒命运，把护士骂得掉眼泪，他就是这样一个急躁的年轻人。

“伤口疼得要命！人啊，要是没有伤口的痛，有时会忘记生命的甜蜜。”

坐在公园休息的病号们，就算不太赞同小伙子的话，也没人和他辩论。

“看看这儿。”他好像为自己的话找到证据一样，用孩子般短而胖的手指了指小狗旁边坐着的老人。

瘦男孩的嘴唇似乎像一条直线动了一下：“叔叔，你相信吗？假如我的眼睛可以看见，我才不在乎其他呢。”

孩子的哥哥想起家乡的聋哑老人库勒凯，什么都听不到却能通过看口型明白对方在说什么，乡亲们常常惊叹不已：“神怪了，这个库勒凯可以‘看见’并听到你说的话。”不过，孩子的哥哥没说出这件事。

“轮椅小子”来到抚摸小狗脑袋的老头跟前，打量了一番。“人间谁能像‘库孜根’一样长命百岁呢？”他讽刺道，“‘库孜根’的眼睛比雄鹰还锐利，它能从茂密的森林看到被夹住的旱獭和黄鼠、迷失在林中的小羊羔，它可以从很远的地方注意到猎物，被吸引过来，盘旋在上空鸣叫着不愿离开。那些不能独立猎到食物的鸟类和动物，会窥视‘库孜根’能猎到什么，趁机分得一些食物。经验丰富的牧人，根据‘库孜根’的行动，可以找到离群或丢失的病残牲畜。甚至早些时候，人们循着‘库孜根’的行迹找到一个逃跑一周的小偷，那家伙蜷缩在山洞里……听说，那些神医曾用‘库孜根’的眼水治好失明的人——啊，这世界，太神秘了！”

过了一会儿，一只衔着虫子的小鸟突然撞向灰色的楼，摔了下去，落到最边的一棵树枝上。瘦男孩似乎期盼着什么，他注视着哥哥，他的视线接触到正在看自己的哥哥，又滑到哥哥肩上了，突然，哥哥自言自语：

“有人走过去了。”

“是什么样的人？”

“上身穿绿色衬衣，左胳膊挽着一个年轻女人，挎着红皮包，右手牵着一个小男孩。一个娇嫩的小黄毛。”

“还有呢？”

哥哥看了看擦肩而过的女人，仿佛在读屏幕上的字母一样，他抬起头伸长脖子，他的喉结突出：“年轻女子留着披肩发，而孩子的小塌鼻子上有一些黄米大小的雀斑……”

“他们的眼睛是怎样的？”弟弟还在问。

公园里，树叶茂密的树干上有个鸟窝，不知雌雄的一只鸟嗖地飞来，栖息在一根细长的树枝上，晃来晃去。鸟和鸟窝有一定的距离，鸟窝的样子就像鱼鳞一样扁圆，在茂密的树林中显得很模糊。哥哥早已发现，这些鸟，每次找到食物回来时，不会直接飞到窝里去，而是保持一定的距离，仔细观察周围有没有什么危险，才小心翼翼地回到窝里。这样做是为了预防暴露它的窝和小鸟吧，在确认没有危险后，它才从树林里飞出来，往下飞一阵子，再飞进鸟窝。它把食物塞进仿佛蒲公英一样张开的小鸟嘴里，然后把嘴在树枝上蹭来蹭去。

此时，一辆小汽车的喇叭声打破了安静。趁这个机会，哥哥烦躁地动了一下，清了清嗓子，看着弟弟眼中充满的疑问，哥哥显得有些不耐烦，但还是继续说道：“灰色的鸟飞回了窝，嘴里衔着食物……”

“继续？”

“再过去是枝叶繁茂的树林，一个工人正在修剪淡红地砖边一排排花瓶样的灌木。”

“讲一讲天空吧。”

“天空非常高，一团团云从冰山般呈现的大厦楼顶处滑过去了。”

"它应该像什么物体吧?'

"什么都不像。"

"您仔细看看,如果它在飞速移动,一定会像什么物体。"

……世界是一本书,人不仅可以阅读文字,还可以阅读一切感知的、肉眼看到的大千世界,风景也可以用来阅读,讲出来就可以让失明的人"看见"这个世界,声音可以直达心灵世界的眼睛……

面对失明的弟弟,一心想要满足弟弟特殊要求的哥哥,时而感到愉悦,偶尔也会烦躁,他思绪万千,突然注意到一团云正往远处高山飞速移动。

"哥哥,我在前年拍了一张像熊猫的云团,同学们看到后都很吃惊。您想看看吗?天上的熊猫,甚至眼睛都很像……也许还在手机里保存着,那时候,我的眼睛还是正常的……"

瘦男孩从裤子口袋里拿出手机,对着哥哥的膝盖伸了过去。

"您看,照片里的'熊猫'两只耳朵接近淡黑色,脖子和胸部是白色……好久没看到这张照片,我很想它,很想回忆它,回到医院后,好好读给我,不,好好讲给我听吧……"

"好的,弟弟!"

"还可以看到什么?"

"在远处有一只隼在飞翔着。"

"'库孜根'可以治好我的眼睛吗?"

哥哥弯起腰,点起一支烟,看到一只棕色母狗。

"是那只小棕狗吗?"

"就是它,它今天穿什么样的裙子?"

"……"

小狗从头到脚都被主人穿上白裙子,头上的毛是卷的,看来它想挣脱牵它的男主人,它拖着拴在脖上的丝绸绳子,跳到椅子上的女人身上。

“也许它在向女主人撒娇。”

“也许从昨天开始就没有见到女主人，很想念主人，它不停地嗅着，舔了舔她的手，小狗想舔她的脸，但女主人把它抱起来了。”

感到舒服的小狗，躲到女主人的腋下，非常惬意地看了看周围。

“哥哥您知道的，小时候我也养过小狗和小猫。”

“是的，我记得。”

“我养的小狗眼睛像淡红色纽扣。”

“嗯。”

“我经常把羽毛系在线上，在小猫眼前晃来晃去，它的眼睛也跟着晃来晃去，仿佛闹钟的发条，有意思的是，你加速，它也跟着快速地摇头。”

“小猫和小狗爱嬉戏。”

“您知道吗？猫的眼珠子随时间可以变，到了正中午，变成一条线。”

此时，隼的影子投影到对面灰色大楼的边上……

……破旧的夏利车随着曲折的山路颠簸着，弯道很多，陡峭的山壁，逼着你寻找出路。司机每听到车子底盘碰到石头或土坡发出“咯噔”的声音，就喊着要减轻车上的货，仿佛这样可以提高底盘一样。他开着车，不断抬起肥大的屁股，偶尔看看旁边抱着破旧木箱子的人，嫌弃地摇摇头。车颠簸得厉害，把车里三个人摇得够呛，破旧的木箱里似乎发出鸟或者鸡翅膀碰撞的声音，还伴随呼吸声，有一股臭味。坐在后位用双手紧紧抓住椅子靠背的，一直没吭声的孩子突然说话了：“哥哥，太折腾它的眼睛了吧。”

“弟弟，没事的。”

“哥哥，把针扎进去，它的眼睛会瞎吗？”

“隼会治好自己的眼睛。”

“您不要骗我了。”

“不是骗人的，听说民间为了寻找一些奇特草药，把隼的蛋拿出来半熟后又送回隼的窝里，隼会找来一些神圣的草药，用草药把蛋裹起来，又把蛋恢复如初，再孵出小隼……”

司机盯着前面变模糊的原野：“还有多远？”

“应该快到了吧。”

他这句包含着自我安慰，又包含着希望的话，已经说了有一段时间了。

天色暗下来，司机看着渐渐变黑的石头路，发出讽刺的笑声。孩子轻轻地抚过椅子靠，拉了一下哥哥的肩膀，对转身的哥哥祈求道：“要不算了，哥哥，我们回家吧。”

“快到了，现在不能回去了。”

“可怜了它……”

过了很久以后哥哥才说：“放心，用白布绑在它腿上，然后放了它，不会有事的。”

记得兄弟俩出门前，奶奶拄着拐杖踉踉跄跄地走出屋来，手里拿着一块白布：“隼也是生命啊，要不是我们实在没法子，也不会做到这个份上。记住我的嘱咐，千万别把它弄死，别忘了把白布缠到它腿上。看我的记性，我早就准备好的白布在哪儿哦，看我糊涂的，彻底忘了……”

路越走越难走，司机一副沮丧的样子，他把车熄火，双手放到方向盘上，沉默地坐了会儿，问道：“我们非要到那里不可吗？”

坐在他右边的哥哥，先把车门打开，拿出一直紧紧抱着的木箱子放在地上。转到车这边，轻轻地敲了一下驾驶室的窗玻璃，把司机带到稍远处，开始向他请求：“司机大哥，坐在车里的孩子是我亲弟弟，最近视力下降特别厉害，快要看不见了。我们一家人走遍大小医院，所有医生都异口同声地说要换眼膜，可是，到哪儿找眼膜啊。我们抱着最后一线希望，不远千里找到这里的民间医生。医生告诉我们：‘你们要找一个“库孜根”来，用它眼珠的水滴进孩子眼睛里，就可以治好这个病。’我们又找遍方圆几百里的猎人，昨天晚上才接到有一个猎人传的话：‘你们要的，我准备好了。快来拿走。’听到这个消息，亲戚们专程送了一匹骏马感谢猎人，把‘库孜根’连夜抱回来，现在，大家把所有的希望都寄托在‘库孜根’的眼睛上……”

司机似乎明白些什么了，再次发动汽车，继续在黑暗中前行……

突然，飞来一只大鸟，它用翅膀盖住车的前窗，发出巨大的响声，车灯下，大鸟的双眼发出绿色的光，它在车玻璃上抖了抖翅膀，待了一会儿又飞走了。

“这么大的鸟！”司机慌张地喊出来，一不小心，车身碰到了石头，把坐在车里的三个人差一点儿甩出去。车熄火了。司机用埋怨的目光看着坐在右边的人，心里怪他，为什么不关好箱子里的鸟。

小孩对哥哥说：“怎么了？那只大鸟是不是飞走了？”

他们继续前行，总算到达了半山腰的医生家。

孩子的哥哥抱着装有“库孜根”的木箱子，司机牵着孩子走过去。留着黑胡子的民间医生用管子从“库孜根”的右眼抽它的眼水，再往躺在炕上的孩子眼里滴去，然后用纱布缠起来……

但是，过了一段时间，男孩的眼睛并没有得到恢复，隼的眼水也没能治好男孩的眼睛。

小孩的哥哥说：“是的，是的，就这样了。”

……只是，从那以后，那令人不堪回想、不愿向任何人提及的一幕开始折磨哥哥的心：双眼闪闪发亮，拍打着翅膀撞到车玻璃上的鸟，腿上缠白布的“库孜根”在手电筒的照耀下，被释放的时候，踉踉跄跄摔倒在地上，它把头藏在双脚中间，不停地蹭来蹭去，沿着一个方向不停转圈，发出凄凉的哀鸣，蹒跚了几步，突然拔地而起飞起来，不一会儿就消失在黑夜里。它伸开双翅飞远时，腿上的白布渐渐地看不到了，被黑夜掩藏得无影无踪，只留下哀鸣的声音……这件事，他只提过一次。

突然，手机响起来，哥哥对弟弟说：“待在这儿别动，等着我。”再三吩咐后，他往大门走去。

平日里，靠耳朵领悟一切的瘦男孩，盯着远方坐着。孩子戴着墨镜，他把目光扫向周围，跨过茂密的树枝，滑向蔚蓝的天空，偶尔跟着什么动静转一下头。实际上，他什么也看不到。

公园里，灰雀衔着蝗虫塞到一个小鸟的嘴里。一会儿，又把蝗虫拿出来，飞到一根树枝上，用尖嘴把蝗虫劈开，再次塞进小鸟的嘴里。灰雀重复着这些行为。

“孩子根本看不到飞雀的行为，更别说知道鸟眼睛什么样。孩子长得还挺结实，他长大后肯定会成为一个魁梧的小伙子，他那双眼睛虽然看不到，但炯炯有神，有些像我年轻时的眼神……”坐在公园里的老人总会注意到那个男孩。

老人回顾过去，这辈子最骄傲的还是自己那双好眼睛。他还记得小时候发生的那件小事儿。家里爱美的嫂子，经常去山泉处打水，一天，嫂子放下扁担，把滑下来的头巾甩了甩再戴上时，惊慌地叫了一声：“哎呦，我的耳环！”原来，嫂子最爱戴的宝石眼金耳环，掉进了齐腰的浓密草丛里，怎么找也找不到。刚好，他和一群小孩在附近放牛，孩子们和嫂子一起开始寻找掉落的金耳环。不一会儿，还是他这双眼睛看见了那副金灿灿的耳环。当时，高兴坏了的嫂子抱着他，亲吻他的双眼：“谢谢你啊，我的心肝宝贝，啊，来，让我亲亲你明亮的黑眼睛。”是啊，他的眼力好是不可争议的，他可以很清楚地看到很远的东西。直到现在，他看书写字也不用戴眼镜。去年安排体检时，在检查视力的时候，许多年纪轻轻的姑娘和小伙子都看不清那些牌子上的大字母，他却能看到最底端最小的字母，当时，女医生都止不住赞叹道：“您这么大年纪，眼睛却很年轻。”

老人年少时，常听人们夸赞他的眼睛：“多漂亮的一双眼睛！”甭说那些小伙子，姑娘们也掩饰不住喜爱：“你那炯炯有神的眼睛，和浓密的眉毛多么般配。”甚至有个被同学们称为“阿凡提妹妹”的女同学，她有一双蓝眼睛，是个略微发胖的黄头发女孩，她开玩笑地说过：“啊，要是上天能把你的漂亮眼睛给我，那我会让所有的男人倾倒在我的脚下。”

“一个人的福也是祸！福祸相依！”这句话很在理。用他周围的伙伴们的话来说，他的眼睛引起多少羡慕就会招来多少嫉妒。因为爱穿蓝色衣衫，被称为“小天鹅”的漂亮姑娘，是学校的“校花”，被他炯炯有神的眼睛深深吸引，并倾心于他。一对俊男美女，招来周围同学的嫉妒和排斥，校园里开始流传关于他俩的闲言碎语。渐渐地，姑娘撑不住风言风语的打击，和他的关系越来越远。到了高考时，他们分手了，他没能考上省城的大学，进了当地的中专学校。那时，他本可以找到姑娘，但又不敢写信联系……

命运捉弄人，年轻时没能考上大学而到的城市，待到年老体弱，为了看病却来到了这个城市。一晃也过了近半个世纪，他早已成家立业，有个贤惠的妻子和三个可爱的孩子，家庭生活非常幸福。近几年，老伴儿体弱多病，两条腿已经不听使唤，只好在家待着。

……哎，那个曾经的恋人应该还在吧，她那样聪明、美丽、善良，应该长寿。也许，此刻她也在这座公园的某个角落里坐着。老人仿佛要找她一样，以期盼的目光环视了一下周围。

似乎书里提过一句话："一个人面部最美的是眼睛。"少年时的他总爱看镜中那双炯炯有神的眼睛，无法自拔。啊，一辈子过去了，他用这双眼睛见证过多少美妙和珍贵的时刻，欣赏过美丽的风景，广阔的天地，无边的蓝天，看见并体会到生命的快乐，感悟到人生的真谛。同时，这双眼睛不仅看见人们眼中的温暖，也看到藏在睫毛下的邪恶和背叛，不过，令他欣慰的是，在过去的七十年当中，他这双眼睛还没看走过眼……

如今，老人看看眼前的这个孩子，也有一双清澈的黑眼睛。人与人之间，无论有意还是无意，都会有一种亲切感和共同性。老人经过孩子身边时，故意用胳膊肘碰了一下，瘦男孩的眼镜掉在地上。"这是谁啊？没长眼睛吗？干什么啊！"孩子浓黑的眉毛下长着长睫毛，有一双像熟透的黑莓一样清澈的眼睛，让他感觉很熟悉，一瞬间，他似乎看到自己童年的模样。怪不得，他对这个孩子有一种亲近感，的确如此。只是，那一刻，孩子愤怒、无神的目光显得那么空洞，像深渊一样令人吃惊，就像没有月亮和微风的夜湖，死寂沉沉，老人不由得退了一步……

喧闹的城市，车水马龙，到处是人们的说话声、走路时鞋跟的摩擦声，人流永不停息。只是，这一切给人的感觉，就像在乡里阿吾勒放露天电影一样，没有屏幕，只有喇叭的声音……

哈萨克人习惯用"眼睛"这个词汇来表达种种说法，例如，人们回忆已过世的人"他健在时"，习惯说"他眼睛动的时候"；描述认识多年的老人时，习惯用"老眼睛"这样的词汇；还有，表达消失、除去等意思时，习惯用"除去眼睛""失去眼睛"等词汇。总之，人们习惯用"眼睛"象征生命，"眼睛"等同生命，"眼睛"等同生活。

老人感觉心脏似乎猛跳了一下，医生用指头把快滑到鼻尖上的眼镜推上去，紧紧盯着眼前的白纸。

他说："我们俩正好同岁。"

"哦，是吗，那……"

医生转话题问道："你住院，身边有没有照顾你的人？"

"儿子一直照顾我，我刚刚让他回家了。"老人回答道。

医生又开始说这说那，仔细看起检查结果。

老人说道："医生，你想说什么，就直接说吧，我喜欢听实话。"

医生盯着他的眼睛沉默片刻，用惋惜的口气讲道："这么明亮的眼睛，也会失明吗？同龄人，你可是坚强的人。"

"我要是个坚强的人，会这样病恹恹吗？"老人应道。

"说真的，我是医生，我一眼就看出来，你的眼睛在告诉我，你是一个坚强的人，眼睛是心灵的窗户嘛。"

"那坚强有什么用，要是真坚强的话，病魔会找到我吗？"

"别这么说，治病除了用药，更需要人坚强的毅力。"

一切都很清楚了。

"直说吧，还剩多长时间？"老人问道。

"时间取决于你。"医生回答道。

老人听后显得很平静，实际上，他感到眼前发黑，心在狂跳不已。不知过了多长时间，他才逐渐恢复平静。医生正透过眼镜盯着他，手里的笔无意识地戳着仿佛死神请帖的那张纸，好不容易从厚厚的嘴唇吐出几个字："都取决于你自己。"只有到了没办法时，才会说出这样的话吧……

还有什么比生命更珍贵呢？难怪孩子们和亲朋好友都非常难过，原来，他们早听说了医院的诊断结果，只是不想让我知道，在我眼前强颜欢笑。我早察觉到儿子红红的眼睛。天啊，这一切都让我无法接受！谁愿意轻易死去，都会为活下去而挣扎，谁都不愿意放弃活下去的一线希望。当然，死神冲你而来，你也只能迎接他。话虽这样说，但谁能真正理解处在生死间的感觉……当然，无论早晚，人人最终都会离开这个世界，迎接人们的是死寂沉沉的黑暗、无底的深渊。那个世界，无光、无影、无形，甚至无味，离开人间后，一切都是枉然，生命化为一抔黄土。飞鸟走兽，变幻的云，那些爱你的人、冲你微笑的眼神都会消失。留下爱穿蓝色衣衫的姑娘，那个黑瘦的孩子，幸福属于他们……

老人回到病房后，越想越坐不住，他要去找医生，道出自己的想法。

医生语重心长地对他说："同龄人，我完全理解你，有胸怀的人才能想到这一点、做到这一点，亲人们都同意了吗？虽然眼睛是你的，但你捐赠眼膜，也需要得到他们的同意。"

"我把想法给儿子说了，刚开始他也不同意，想了好几天后，还是同意了。"

"还有，如果捐赠人与接收人在基因方面不匹配的话，这些都是徒劳。"

"那你给我出出主意，需要我做什么？"

"需要眼膜的孩子基因检查结果很清楚，你也需要检查。"

"只要我愿意，就可以检查吗？"

"先需要写一份自愿捐献眼膜的申请书，你的亲笔签名，要有捐赠器官合格证，还有……"

"还需要什么？"

"我先提醒你，法律规定不允许捐赠活人的眼膜。"

老人很快拿到捐赠器官资格证，他坚定地给医生说："我自愿捐赠给那个需要眼膜的孩子。"

"一般来说，基因完全匹配几率很少见，如果不符合呢？"

“我只想着这个孩子。”

“好的，选择权在你手中，你还有什么要求吗？”

“请暂时保密，到时候由我亲自告诉他。”

“你说了算，还有……”

“还有什么？”

“活人的器官不能移植……”

“你已经第二次提醒我了。”

“你要记住，器官的接受和移植只能在医院里进行，无论如何，你都不能离开医院。”

“明白。”

老人把基因检查结果当成生命的最后希望，期盼着，让人欣慰的是，他和那个孩子基因完全匹配。怪不得，我对那个孩子有种莫名的亲近感，我的心能感应到，从他身上我看到了自己的童年……

老人立即动身前往公园，只是，他还没下定决心直接找那哥儿俩。公园的长凳断了好几根木条，变得破旧不堪，当他坐下去时发出嘎吱嘎吱的怪声。老人直直地盯着那个男孩，仿佛用放大镜观察某个生物一样，目不转睛地看着那个孩子的一举一动。这时，不知从哪儿冒出一只小飞虫，竟直接飞进他睁大的眼睛，顶得眼睛直流眼泪。真是，关键时刻本来要发挥一下的，结果半路杀出这么一个小插曲。他用食指关节使劲揉了几下眼睛，感觉并不痛，似乎很解痒，越是享受揉眼的过程，眼睛也越来越红。老人突然下意识地缩回揉眼睛的手指：“眼睛已经不全是你的了，是要交付给他人的信托，要保护好啊。”

老人猛地起身又坐下了，搞得椅子发出响声。

“谁？”用耳朵聆听一切的男孩问道，“坐在斜对面长椅的老爷爷吗？他长什么样？也许生病了，看起来很消瘦吧。”

“……鸟儿要是失去一只眼睛，还能生存吗？”

在男孩面前正发呆的哥哥支吾了几句：“嗯，那个，今天天气有点儿凉，可能要下雨了。”

老人鼓足勇气，起身来到兄弟俩跟前，用手比划了一下，将男孩的哥哥引到便于谈话的地方，把自己想捐献眼膜给男孩的决定讲给他。小伙子张大嘴巴愣住了，半信半疑又喜出望外，过了好一会儿才回过神来，激动地一把抱住老人，嘴里不停地说道：“谢谢，谢谢，天啊，叫我们怎么感谢您！”老人理智地告诉他：“暂时别告诉孩子，等时机成熟了，我会亲自告诉他，况且，我们还要办一些手续。”“天啊，多少钱我们都愿意，求您了！”“不要说钱的事，我已经在器官捐献机构登记过了，他们说基因匹配……你要按我说的去做，不然的话……”“好的，好的！”小伙子用粗大的手擦着眼角的泪水，不断点着头。

老人和男孩的哥哥当天签署了意愿书。

从那天起，老人每回去公园都要坐在哥儿俩对面。他会仔细地观察那个男孩的举止和面容。男孩照旧习惯用耳朵感知外在世界，并提出各种问题，哥哥一如既往地如实描述着弟弟“听到的世界”……

一天，老人在医院大厅正对面看到男孩的哥哥，但小伙子却像小偷一样躲躲藏藏，连招呼也没有。小伙子躲闪的样子，让老人心生疑惑：“他是不是心情不好？还是身体有什么不适？难不成反悔了，想要逃跑？”一个又一个问题涌上脑海，小伙子的眼神似乎透露出很多问题，老人从他眼里看出一种疑虑，顿时心生怒火，踏着大步飞快地走开了。

第二天，老人刻意躲开兄弟俩，找到公园偏僻处的一个角落，坐在长椅上休息。和往常一样，烈日当空，但绿油油的灌木丛却显得格外凉爽，公园里一派生机勃勃，树林边的场地上盛开着五彩缤纷的花朵，蝴蝶和蜜蜂在不停地扇动着翅膀。一只蜻蜓飞过，灰雀不停地从灌木丛和花丛中找吃的，又急速飞回鸟巢。

公园栏杆外，挨着边儿有一条铺着红砖的小路，行人在散步，远些的柏油路上车辆在飞驰。天空一片蔚蓝，并排的高楼大厦间隙中隐约可见山峰，似乎在静静地看着这城市。山那边的白云像极了刚剪下来的蓬松白驼毛，形状却不像熊猫。长椅下潮湿的土地，许多小蚂蚁在不停地打转。老人看向人行道，走过一位身着天蓝色衣衫的少女，看着那么熟悉，像极了回忆中熟悉的身影，他不由起身，又坐了下来。记忆中，那个有时爱穿红色，但最爱穿蓝色衣衫的姑娘，她的美丽犹如蓝天一样秀丽，连她的名字也带着蓝色的字眼，蓝色是她的最爱。眼前走过的女子怎么可能是她，会不会是她的女儿？如果她有女儿一定和她一样美丽……或者，她已经不在世了……老人默念着，望向蔚蓝的天空。

繁华的城市，亮丽的自然风景共同奏响了一曲生活的乐章，生生不息，让人眼睛看不够，更舍不得放开这个五彩斑斓的世界。

音乐能体现和表达人类的情感，用心才能感受音乐的魅力。就像哥哥给弟弟描述这个世界，美好又转瞬即逝，因为永远留不住，所以才弥足珍贵。如果能一直欣赏下去，那该多好……

老人看到兄弟俩正往他这个方向走来，当哥哥看到他，立刻拉住弟弟转向其他方向。老人猜到兄弟俩在找自己，但是，明显看出来，或许是哥哥想早一点儿让弟弟高兴，没有信守和老人的承诺，提前将一切告诉了弟弟。这下，老人没必要再跑去和那个孩子讲什么了。从那以后，老人刻意躲着兄弟俩。只是，一个住在医院的病人能躲到哪儿去？何况，医院根本不让他离开半步。老人只能去公园不起眼的角落。但是，每回哥儿俩牵着手都会找到他在的地方，然后装作没看到一样坐在不远处。瘦男孩还是会不停地问各种问题，并把身体转向哥哥，满眼期待地等着哥哥的回应。哥哥则是低眉浅笑，给弟弟“读”世界，按照习惯一五一十给弟弟描述周遭的景色。很明显，描述的风景里也包含老人自己。老人起身走到另一边，过了一会儿，他发现哥儿俩坐在背后不远处的座椅上看着自己。

第二天，老人没心思去公园，他坐在医院大厅里透过窗户欣赏花园景色。忽然，他发现兄弟俩牵着手正在大厅里晃悠。第三天早晨，老人把应该按时服用的一把药都扔进了马桶。老人一上午都感到不适，下午也是感到一阵一阵的疼痛，但他都忍了下来。接下来，没过一周，老人就已经下不了床了，他的家人和亲戚都赶到医院。主治医生将他儿子叫到外面：“现在，除了好好照顾老人的起居，没有其他法子了。”老人用孱弱的声音嘱托医生将他移到靠近窗户的病床上去，每天，天一亮，老人就会枕着高高的枕头看向窗外，静静地望着公园一角和走过的行人。后来，他连坐起来看窗外的力气也没了。老人干巴巴的嘴巴喃喃自语着什么，他的儿子靠近老人嘴边，听见老人说：“公园里有啥啊？你给我说说。”儿子刚开始还以为老人病糊涂了，接着还是渐渐地给老人讲起蔚蓝的天空、公园的景色以及走过的行人。当听到天上的白云，老人动了动身体，问儿子有没有像熊猫一样的白云。听到这个问题，儿子瞪大了眼睛，老人坚定地告诉儿子，自己的意识还很清醒，还没病糊涂呢，希望儿子再讲讲窗外的一切。“路上人很多，一群人在过马路，”儿子耐心地描述着，“一个女的穿了白裙子，那个男的披了件灰色外套，还穿着白裤子，后面跟着一个穿红色衣服裤子的小女孩。”老人听着，还问道：“有没有穿蓝色衣衫的女子？”……

三个月后，树荫下，那个瘦弱的男孩，正用一双明亮的眼睛热切地欣赏着曾经渴望的一切：金色的花园，团团白云簇拥的蓝天，热闹喧哗的城市……

清醒

快要爬到了，却听到绳子“嘣”的一声断开了。手中紧握的毛绳潮乎乎的，沾了青苔和一层夜霜，像茶叶渣和口香糖一样粘手，他沿着牛脊一样的棱石边仰面朝下滑，“哎呀，这下死定了！”他一激灵，别在腰中的绳子动了一下，他的腰像被刀砍一样发痛。他闭上双眼，内心充满恐惧，身下的深渊发出一阵空鸣声。如果峭壁上的大石头滚下来，一定会把自己砸个稀巴烂。突然，他停住了，整个人被什么东西挡住了，好像是系在腰上的绳子勾在石缝间的枯枝上了，可他没敢伸手摸摸看，害怕只要动一下，绳子就会脱离树枝……

……他想起每天进羊圈时，总要小心地拨开顶上的木绣球、芦苇和干蒿子，刚把脑袋探进羊圈，脑门正中会垂下一只小小的蜘蛛，可怜的小东西拼命想爬过你的眉毛。曾听说：“如果有小蜘蛛垂到你的眉宇上，那就预示着你会有好运气！”为这句话，许多人就算再匆忙，也会为这个小东西停下脚步，耐心等待挣扎在眉间的小蜘蛛，不是拍落或打死，而是轻轻地将它放在干树枝或蒿子顶上。事实上，做这些也没见什么效果啊！他这辈子遵从了多少这样的习俗？都说蜘蛛吐着口水织成网，静静在一角等待猎物。他放羊时经常观察蜘蛛来打发时间，他发现苍蝇、蚊子等小虫子一旦落入网中，蜘蛛会飞速从外围吐丝缠绕，让它们动弹不得。

如今，他悬挂在半山腰，无法像蜘蛛那样用口水编织出一条结实的绳子爬下去，反而更像是落网的小昆虫。电影里的“蜘蛛侠”是真厉害，下面是咆哮的大海，海浪以每分钟几千米的速度冲击岩石，还能在高耸入云的摩天大楼光滑的玻璃上行走如飞。

爬山之前，当他站在山下往上看时，曾幻想自己要是有“蜘蛛侠”的技艺，可以快速爬到山顶，将那些发光的石脂刮下来装满胸前的袋子。也可以让住在高层的人忘记带钥匙时，出高价请他爬楼解锁。那样赚钱多容易啊！赚钱的梦，让他坚定地绑紧绳子爬上石峰的向阳面，他要找到那些藏在岩石下的石脂。

说到为啥来挖石脂，是因为村里的铁木尔别克平日里做事磨磨叽叽的，去年靠着挖石脂和松脂轻轻松松赚了不少钱，还清了高额利息欠款。听说石脂对高血压、身体浮肿有疗效，如果拿到城里去卖，会像“分鱼”一样立刻卖个精光。比起受雇于他人小心度日的人来说，这个行当相对自由和来钱快，哪怕不切实际也要试试。。

他将手伸到腰部，想弄明白绳子是如何挂在松树枝上的，可他又害怕动一下，绳子会不会再次断开。如果是蜘蛛，它往上可以将“绳子”挂在脚上爬上去，往下，它可以解开“绳子”爬下去。他呢，别说上下爬了，连动一下的勇气都没有。这时，不知从哪儿冒出一只牛牤，“嗡”的一声飞过他耳边，又往下飞去。他立刻感觉到自己裸露在外的脚踝针扎一样疼起来，该死的牛牤！他都可以想象到那个吸血鬼正鼓起后臀喝得得劲呢。老天爷，怎么悬崖上也会有牛牤，没有它去不了的地方！他感到脚踝处奇痒无比，可他又不能动弹。阵阵难忍的痛痒袭上来，他禁不住将脚丫动了一下，没什么作用。只有一个办法，那就是想法把悬在半空的左脚轻轻换到另一边，将那可恶的虫子用右脚尖踩死。可是，不能啊，如果那样做了，挂在树枝上的绳子脱离了……他的脚踝连着整个身体都像吹鬼风一样疼痒起来，他咬紧牙关，像要咬碎牙齿一样发出咯吱声。

想起平日里，每回牛牤落在马尾上翘起屁股时，他会迅速用一只手扣住，另一只手拿枝条或锦鸡的尖刺插在牛牤桶状的尾部向上挑，牛牤使劲拍着翅膀发出嗡嗡嗡的声音，却动弹不了。有时，他拿马鬃将牛牤尾巴绑紧，用芦苇秆将十几只牛牤缠绕在一起，它们挣扎起来，发出嗡嗡声，芦苇秆摇晃着，好像晃动大地的风一样，多么有趣的一个游戏啊！看到这个场景，父亲训道：

“你这是在干什么？太可怜了，不吉利啊！”

“它们叮咬马群，不让马儿安生！”

“你以为它们叮马，马儿就会死吗？这也是老天给它安排的福分吧！”

现在，自己被牛牤咬得如此痛苦，他却后悔当时不该折磨它们，而是应该直接踩死它们！

过了好久，那只牛牤留给他一辈子都无法解开的痒，扬长而去……

恍惚间，他觉得不是松树枝，而是牛牤将他定在那儿。松枝到底插在自己哪儿了？他想摸一下，但立刻停止了这个动作。如果掉入万丈深渊，绝对会像掉下去的鸡蛋一样摔个稀巴烂。沿着沙砾的缝隙，潺潺流淌的河水声时隐时现。他在那儿拾艾蒿时见过这条快干涸的小溪，周围布满绿苔藓。因为天气干旱，夏牧场的草不到七月末就已经枯萎了，因为饥不择食，他家的一头牛误食毒草死了。他家女人哭：“哎呀，它可是一头年年生犊子的好牛啊，只要不挤奶，产下牛犊，跟着跟着自然会长成犍牛，可以卖个好价钱，足够偿还家里的债务。你也不说找个好地方去放牧，你啊，就知道败家！”女人唠唠叨叨，好不容易才止住，好在她的脾气也就沏一壶茶的工夫。如果她像巴里特克的老婆那样唠叨一个月，见一次说一次，那日子可真没法过呢！也算是自己有福分，老婆很快平息下来，还会自我安慰：“哎，哦，感恩手上有的吧！”

开春以来老天爷没下一滴雨水，八十多岁的卡德甫老人讲过：“我在找家里长虱子的老山羊时，看见森林深处有只奇怪的鸟落在畜栏顶上。”这个谣言传开了，有人说这只鸟的身体细而光滑，脚也长，颜色是青灰色，像放牧人的长柄皮鞭。

家里牛羊过冬的草料所剩不多，幸好认识的一个老板送给他五亩地玉米秆，因为他懂一点汉语，老板经常来他家，也就彼此熟悉了。前年，这个老板对村里的耕地产生兴趣，请求他帮忙：“老乡，你帮我说服村里人，让他们把耕地租给我，不会让你白干的，我会给你发工资。”他估摸着村里人巴不得摆脱这些土地。因为那年，村里种黄豆，跟中邪了一样，和今年一样干旱，天空飞满成千上万只小黑虫，不仅飞进人的眼睛、鼻子、嘴巴，甚至钻进头发和胡须里，一不小心吸到肺里让人咳个不停。哎，那一年，野兔野鸽子都没有幸免，牲畜也减产。天气干热，种地人穿的雨鞋被太阳烤得发出一股焦味，脱下来光脚踩在地上，就像踩在炭火上一样无法忍受。站在太阳底下，他的脑海中产生了一个可怕的想法：“哎呀，我要是能摆脱这个破地方就好了！”从那时起，他一直将“哎呀”这个词挂在嘴边。他整天苦恼，想着如何尽早摆脱债务。如果听从老板的建议，将土地承包出去，村里人肯定不会安生，有人诋毁，有人嘲笑，甚至会有人抡起拳头。他开始游说：“乡亲们，我们手上的耕地没有效益，缺乏水资源，再加上要除草、上药、施肥，还有浇水和培育等等，已经是入不敷出，何必为没有产量的土地自欺欺人呢？我们最好把这些土地承包出去，腾出手来找其他活儿干吧。”面对他的一番劝说，尽管大部分人坚决不卖，但也出现了一些动摇的人。

首先动摇的是平日里连根枝条都不愿拾的“小肚腩”。然后是初中毕业在乡里开粮店，骑辆摩托车到处闲逛，被村里人称为“奥特曼”的蓬蓬头男孩。接下来是那个打耳钉扎马尾辫，在村里承办婚礼的小伙子。还有一个自他记事起就被叫作“酒鬼塔尔巴克”的，是村里“五保户”老人加海的儿子。他劝说还在犹豫的几个年轻人：“别听你们家里老爷子们胡说，他们现在又不下地，不知道种地的苦，到头来还不是你们自己受苦受累？他们那一代人没少在这块地上刨，要是种地那么好，他们怎么没富起来？”听到这番煽动，大家都附和起来，就像驱动走在最前的头羊，后面的羊群自然而然会跟着。就这样，老板拿到了村里三千亩耕地的十年承包合同。村里的许库尔老人怨道：“你们把土地都租出去，是要去天上过冬吗？”

老板说话算话，给了他一些好处。他总觉得十年的土地租金挺多的，足够一边偿还债务，一边做其他的。于是，他没用手中的钱还清所有债务，而是选择在银行存一部分，剩余的分成今年还一部分，明年再还一部分。人们不会白说“钱是流水”这句话，还债的不消停，手中的一点钱于无形中流失，不到一年，他已经花光了所有。钱花光了，家里花费可不会停下，他和老婆整天为了钱吵架，每天天亮，老婆就会因为买衣服参加婚礼等开支和他喊：“这些钱都被你挥霍完了！”

“什么话，难道是我把钱扔进水里，撒到空中让风吹走的吗？”

“我连条像样的裙子都没有，你看人家的老婆用借来的贷款买黄金项链，她们的男人多能耐啊！我是为了孩子要买生活用品，为我们这个家买吃的喝的。要是给儿子举行割礼，两个孩子的脐母和我俩的脐母都会提前一天过来，还有她们的丈夫，那么多人来分享我们的喜悦，你也知道，这是传统。其中有真心的朋友，也有看不上我们的小人，我们得让人家满意而归，才能得到大家的认可。让那些没能当我们脐母的人羡慕不已。我们又不是混饭吃的，要给她们四个人赠四头牛，还要给她们的丈夫送四只羊。我们给女儿办耳环礼，庆祝搬迁新居礼，乡亲们带着礼物和礼金来祝贺。相对的，人家举行什么庆祝礼，我们能厚着脸皮当不知道，不去参加人家的宴请吗？更不能空手参加。算一算这么多需要花钱的地方，你以为我全往自个儿娘家搬吗？”他感到自己一下子捅了马蜂窝，妻子开始说个不停。大部分夫妻都是为了一些家庭琐事而吵架，尽管，这次爆发是自己引起的，末了，他只能闭口不谈，明哲保身，直到他喊一句：“你干吗那么小心眼！”来结束这场“战争”。

记得当他还是孩子时，队里穷又赶上荒灾，让原本贫穷的村庄雪上加霜，大队几乎发不出粮食。父亲从队里领来两盆黑豆。看到父亲满脸忧愁，爷爷总是劝他：“已经不错了，知足吧，我小时候连一把麦子也见不到。”他老婆没见过爷爷，但她讲的道理总和爷爷说的如出一辙。也是啊，只要人还健康，没病没灾，就该对手中拥有的知足。如果有人天天在你耳边挖苦和唠叨，那种日子怎么过啊？看看周围有些人日子过得比他还艰难，被叫作“三法式”的巴力特克过得好吗？他整日喝酒，醉后粗里粗气，只会嘟囔：“啥时候发最低生活保障的钱啊？救灾的面粉和清油啥时候来啊？”他像刚出生的雏鸟一样，露出发红的喉咙，哎，算了，不提他了……

“钱是流水！”这是一句废话，要他说，钱不是流水，也许是水蒸气！如果钱是流水，还可以找个碗接住，至少，当你口渴需要的时候可以解渴。水蒸气呢，谁能接住再变成看得见的东西？啊呀，如果现在有一瓶水该多好啊！他舔了舔干裂的嘴唇，上颚像羊膜一样黏糊糊的。他往上爬石山时已是大汗淋漓，现在这个样子，不是白白流汗是什么？他望向悬崖下流淌的泉水，这种泉水即便是在炎热的夏天也是冰凉透心。忽然，一个不知是什么的动物，跑向沙砾那边不见了踪影，也许是寻找水源的旱獭吧，旱獭有中午找水的习惯。从自己的小窝跑到这么远的地方寻找水源，一路上也是充满危险吧，暂不提人类对它的威胁，那些老鹰、狼群和嗷嗷叫的狗对它来说也是危险的。对人类来说最宝贵的是它的油脂。它也许已经在河边用舌头舔着水喝得欢腾呢，动物用舌头舔水发出的声音总能打破溪水的安静。看它们喝水的样子怎么解渴呢，现在，我连旱獭都不如啊！

想起以前，他们找到旱獭的窝，留着最大的两个洞穴，把其他洞口全都堵死，把摩托车尾气筒塞进其中一个洞里，然后全力发动，摩托车释放出一股股浓浓的黑烟，熏得旱獭从另一个洞穴里跑出来。守在洞口的人赶紧用棍棒朝它们的鼻子狠狠地打，一棒接一棒打下去，直到它们栽倒在地上……

眼下，他觉得旱獭会喝干整条溪水，不给他留一口，要让他活活渴死。他想大喊一声，让那只旱獭闻声而退。随即他意识到自己是在嫉妒那只旱獭……

他第一次开始思考，人在高处悬挂和走在地面上截然不同。那些远离地球上太空的宇航员呢？他们在上面能有什么舒服？像你一样死前还想着债务吗？他第一次开始厌恶自己，想想以前，他做过很多丢人和后悔的事，让他想在众人眼前找条地缝钻进去，他从未像现在这样恨自己。

他记得老板曾许诺："给你一年五千元的佣金，除了给别人家耕地除草、浇水，还有一些小活儿。"这个提议曾让他精神百倍，对生活充满希望。但是，老板将村里的滴灌设备做好后第二年，立刻将施肥、洒药、收割等工作交给自己人去做，根本没他什么事儿了。当时在他的唆使下订好的合同期限长达十年，一旦签字不能更改，更别说商讨提高土地租金等有利于村民的事儿了。为此，村里人都怨他："你这个孽种，想着自己那点儿钱，把我们都给坑了。"喝醉酒的年轻人“蓬蓬头”见到他就想打，要不是有人挡住，恐怕他早就被揍扁了。该死的，所有的事都让他满腔怒火。他想吐一口，可嗓子就像被粘在一起没法张开，算了，起码老板送给他五亩地苞米秆子，也算没吃亏……

看看山的周围，没有松树不长的地方，像有人把它们搬过来安放在山上，他奇怪眼前这岩石缝隙的土是哪儿来的。光滑的岩石上怎么又冒出这棵松树，好像是松树自己长出来的，他感叹如果不是那棵松树将绳子勾住，恐怕自个儿早摔成饼子了。这棵松树怎么会长在这里？我跑到这些该死的岩石中干什么？好像我父亲的头颅在这里似的，好像宽敞的大地上没有我的立足之地……看看自己，一副能让黑黑的岩石产出牛奶的样子，自己想要的石脂在岩石正上方，他想伸长脖子往上看看，可又不敢。

记得早些时候，他去额尔其斯河对面姐姐家，一个冬天没见面的姐姐想念他，见到后不停地吻他的手背，问寒问暖。姐姐家在炕中央摆了一张大圆桌子，铺满各种好吃的。姐姐向他询问家里的情况，阿吾勒的父老乡亲们的近况，姐夫则赶着马去了另一处。他们喝完茶后，姐姐往锅里放了肉，她脚上的黑靴子拖着地面发出刺啦刺啦的声音，进进出出和他聊着家常。他去的时候，刚好是牧民忙着羊羔接生时节，能聊两句话就算不错了。他用胳膊支着躺在那儿，时间长了翻个身，又拿起窗台上的扑克开始洗牌，捣鼓了一会儿，觉得无聊。他的眼睛瞄上了用来垫茶壶的一本破书，那本书边角都被折得起角了，他拿起黑乎乎的书拍了拍灰，用手指轻轻翻了几页，写的什么啊，书上的人物都是卡丽拉、达米娜、卡米拉等相近的名字。他咧着嘴巴说：“外号‘三根毛’的哈依达尔别克，他的泼妇老婆也是这样的名字！”那个疯婆娘，哪知道“三根毛”每回用骆驼眼大小的酒杯喝第一杯时扯着嗓子唱歌，喝第二杯时人模狗样地跳舞，到了第三杯就会像吃了泡酒麦子的鹌鹑一样扑倒在地上。她抱怨一起喝酒的哥们儿，好像她丈夫喝酒的尿样是他们教出来的。凶女人，整天嚷嚷着我们几个把她丈夫怎么带坏了，她也不先搞清楚，她那懦夫丈夫怎么会被大家叫作“三根毛”？要不是他说话风趣，喝酒实在，我们几个也不会找他喝酒。他是谁啊，既没钱，也没权。他那泼妇老婆应该自知些，尊重我们几个才对。

此刻，他觉得口干舌燥，自己的衣服留在山下，装有半瓶矿泉水和馕的食品袋子就在眼皮底下，真是讽刺！

想想那些喝酒的日子真快活啊，他们还埋怨：“啤酒怎么没放在冰箱里，暖乎乎的，喝马尿一样！”“三根毛”用嘶哑的声音喊着：“我们需要冰凉的，放在冰箱的冰啤酒。”现在，他嘴巴发痒，用黏糊糊的口水舔了舔发干的嘴唇，陶醉在过去的回忆中。

说起“三根毛”的老婆，那些名字，哦，对了，要是没记错的话，那本脏兮兮的书里讲到狐狸，讲述有个人像自己一样坠崖了，幸好命大，伸手抓到一根树枝，他竭尽全力伏在上面。悬崖下是一片不见底的隧洞，一个獠牙切齿的巨蜥伏在那里，一旦掉下去，肯定是尸骨无存。恐惧袭上来，那人闭上了双眼，就在那一刻，他听到嘎吱嘎吱的怪声，睁开眼睛，天啊，虫子正在啃食托住自己的那根树枝。不，不，虫子啃食的不单是树枝，是自己的命，还能撑到什么时候？他又听到滴答声，仔细一看，托住自己的树枝正在滴着蜂蜜，他放开一只手，用手指蘸蜂蜜舔了舔，恐惧顿时消失了，虫子还在啃食树枝，巨蜥依旧在深渊里徘徊……

现在，看看自己，想得倒挺美的，还想冰啤酒呢，双脚能平安落地就谢天谢地了。

他回忆着，为了陪孩子去城里上学，一家人租了城里人一个储藏间。当他决定上山采集石脂时，老婆骂他：“想得倒挺好的，你能挣到钱啊，不在自家风水宝地待着，整天想一些馊主意，非要到城里打工，还是三天打鱼，两天晒网，现在又想上哪儿采集什么石脂，石脂都哗啦啦地流着让你采啊，净想着流哗哗的钱啊，呸！”现在想起老婆说的，他心里难受。好几次他想反驳：“父亲种了四十年地，也没种出什么名堂来。”话到嘴边也没说出来。说到父亲，他对有些事还是有自己的想法：“不管是贫穷还是富有总是有个度的，祖爷爷托恩哈克的财富延续到子孙马蒂业尔就没有了，我们亲眼目睹许多祖辈富得流油，子孙后代却历经苦难和贫穷。当你流着口水躺在那儿呼呼大睡时，和你年龄相仿，冠以‘富翁儿子’称号的马蒂亚尔孙子每周日都要辛苦劳作。”他想想，当时上小学二年级的那个“斜眼”叫啥来着，赛买提，噢，对，就是他，瘦长的脖子，像个棍子一样。他记得他费力地用铁锹刨地，一边骂道：“该死的冻土，坟头冒青烟的冻土，谁让你是富翁的子孙，起的名字也难听！”受苦的人难免要骂这骂那，他的话被乡亲们传了个遍。他不知道自家老祖宗啥样，只知道从爷爷辈开始我们就很穷，牲畜就是一头花牛，财产就是一个干皮毡。后来，穷人的日子好过了，他们这些穷苦人家得到相应的尊重，吃得饱，穿得暖。“世界在历史的长河中均衡着一切！”听到他这样说，老婆肯定会讽刺他：“一旦注定为穷人！一辈子都贫穷！”

老板的好事儿没了下文，他只好干些修建牛圈羊圈的活儿，村里大多数人自己也会干，不会花钱雇别人，他也就没什么活儿了，只好干一些替人放牧、迁徙转场、拉煤、拉草等小工。或者是一些夏天打大瓜、冬天捕野生的季节性活儿，但也都不长久，政府严禁打猎，老婆也不愿意他以此谋生。起初，老婆还好奇，问他这个那个，怎么抓野生的问题，他吹嘘着把所有事情都说了出来。甚至为证明自己的勇猛和能力，还夸大其词地描述那些被夹子困住的狼、狐狸和鹿，还有貂和臭鼬，越是动作大越可以激怒它们，但若是一动不动看着，它们会以为你在犹豫和怜悯，就会摆出一副可怜的样子，甚至会流泪。貂捂着脸哭泣最可笑。当他道出所有细节，老婆一夜翻来覆去没合眼，小女儿半夜发烧说胡话。第二天一大早，他穿好衣服正要出门去看看捕猎夹子，老婆发话了："你最好别再去捕猎了，用沾满鲜血的双手挣的钱会祸害我们的孩子。"她说得坚决。他忌讳做祸害孩子的活儿，只好作罢，心里却一直幻想如果继续打猎肯定挣不少钱。

此刻，他被挂在半山腰的树枝上，渴望大地，双脚踩在大地上大步走路是多么幸福的一件事。只要我能平安回到地面，我会扔掉鞋子，哪怕被石头磨破，哪怕滚烫的热土烫脚，烧成一团火也愿意，我要尽情地奔跑，用炽热的胸膛紧贴在地面上，拥吻这片热土，土地啊……瞧我现在这个模样，悬挂在天和地之间，渴望着回到土地上辛勤劳作！要是身边有手机该多好啊！

他望向地面，岩石旁停着自己的摩托车，他脱下外衣放在摩托上，估计手机落在外套口袋里了。要是有手机，可以给老婆打电话喊人来救自己……不，不能和老婆说，她要是知道了，一辈子都会在我耳根提这事儿。每回遇到啥事儿，她总会翻旧账，让我抬不起头。如果要打电话，可以告诉霍赛，他嘴巴紧。他一定会骑着摩托飞奔而来，还会安慰我："我去接你，再为你准备大盘鸡和啤酒。"我会在电话里告诉他："你先别爬这个干松木，它撑不住咱俩。"我想象着霍赛正爬上来，怕他听不见，正要大声喊一下，身体却抖了一下，吓出一身汗。去你的吧，霍赛……

他好渴啊，绳子勒得腰那块儿已经麻木了。稍微动一下脚指头，感觉脚底板、大腿、小腿都针刺一样疼。放眼看去，岩石转角处正是自己走进这里的蜿蜒小路，若不是专门寻找，谁都不会注意到。

谁会像我一样跑到这个荒无人烟的破地方来？我的身体悬挂在树枝上，谁能知道我是为生活所迫？真有人知道了，那些爱说闲话的人又会说：“马汗因为还不起贷款，愧对老婆孩子，跑到这荒郊野地上吊了。”

哎，吊死还不如摔死，他伸出一只手摸了摸麻木的腰，没发生什么，他大胆地揉了揉腰，心想：我好傻啊，一直吓得连眼睛都不敢眨一下。

太阳缓缓地要落山了，岩石群将要被黑夜隐去，过不了多久夜幕会降临，天一旦黑下来，这里将是一片可怕的寂静和黑暗，真是无法想象。他的眼睛瞄了一下那条隐蔽的小路，忽然，他看见从转角处跑来一条黑狗，黑狗在下面不停嗅着柏树底部和岩石。有狗，后头必定有人，他赶紧大声喊叫，听到几声自己的回音又安静了。那条狗好像很奇怪在这荒无人烟的地方怎会有声音，貌似朝上方听了听，又跑回去了。傻狗！该死的东西，应该扒了它的皮！他因为狗没有救他而愤然咒骂。他“呸”了一声，早已干渴的嘴巴吐出来的不是口水，是口空气。

前年冬天，经常在村里边收废品边卖菜的老汉来到他家。老汉直勾勾盯着他家的狗进进出出，走时非要买狗。虽然第一次听说狗也能卖钱，但他还不想卖自家的狗。老汉走时给他一包用蜡包住的药丸，说是喂狗吃的时候，药丸会散发一种气体让狗窒息而死。村里多的是狗，常围着死畜和人家宰羊后放血的地方，龇着牙扒拉些肉块和骨头，甚至有些喝了血水的狗会狂吠着不让人通过。从那以后，每到黄昏，他手拿三叉钩挂上肉逗狗，狗咬住吃时拉紧绳子，再凶的狗也发不出声音，只能乖乖跟着。再把它引到圈子里，套上绳子吊起来，第二天过去装麻袋里拉走。哎，这事说起来容易做起来难。记得有一回，他刚要看看麻袋里的狗，没想到狗醒过来咬了他一口，被咬的地方伤口感染了，好久才恢复。那时间，他老婆埋怨家里缺这缺那，就像风里着火的油锅那样不停地闹，她把心里的委屈全倒了出来，说是邻居家的媳妇，也就是“三根毛”的老婆手里拿着砖头大小的手机，还是触屏的那种高级款。他卖掉两三只狗总算给老婆买了部手机，他瞄了一眼邻居家媳妇的手机，自己买的不比人家便宜。

整个冬天，因为没有用心圈养，没有及时清理牛圈里的冻粪，导致仅有的四头牛要么没怀上牛犊，要么瘦弱得没多少奶子，到了来年夏天，家里连喝奶茶的牛奶都不够。

秋日的傍晚，老婆常常站在屋顶的草堆上喊道：“有人看到我家的黑牛、歪角棕牛和白腿母牛没啊！”大嗓门的老婆看到他买的手机，扑过来拿到手上，喜笑颜开。老婆的笑让凄凉的家变得温暖起来。只是，老天愚人，没过两天，刚刚缓和的家庭气氛又像被泼了冷水一样变得冰凉。老婆去参加女人们的茶会，“三根毛”的老婆当场把他卖狗的事说了出去，那个该眼瞎的婆娘，不知是她丈夫还是她自己，可能在傍晚瞧见什么了。老婆一进家门就开始扔东西，破口大骂。他恨极了那个毒舌的婆娘，多少次她丈夫喝醉睡大街上被狗舔脸的时候，是他拖着那醉鬼送回家的。

关于他卖狗的闲话被传到赛买提那儿，偏偏冤家路窄，越不想见还遇到他：“你这是干吗呀，让人笑话，找不到别的活儿了吗？实在找不到活儿，就到我这儿来啊！”他羞愧地回绝了他的建议，他身旁的民政干部干脆直接讲起来：“世上哪有不靠辛勤劳动就来的甜头，该和懒惰、无用的攀比、大手大脚花费的日子说再见了，虽然现在过着懒散日子很舒服，但它像加进蜂蜜里的毒一样，最终会把你毁了的。”他只好编了个借口仓皇而逃。

当然，最后，因为一个特殊的原因，他最终放弃了卖狗的行当。

之前，他看上了赛买提家的大黑狗，黄昏时让那条牛犊大的狗顺利上钩，他牵着被钩住后发出“嗬嗬”声的大黑狗钻到圈子里再用绳子吊住，大黑狗发出难闻的气味，还不停地向周围喷粪便。一直等到大黑狗断气，他开始剥皮。他担心邻居看见，加快速度像宰羊一样抓住狗的前腿，用刀划开到后腿时，那狗突然蹬了一下腿，还抬起头。他吓得将刀子扔在一边，愣在那儿。大黑狗哼唧着颤巍巍地站起来甩了甩头，好像清醒了，过来咬了他一口，踉踉跄跄地撞到大门上，就出了门外。他按着血淋淋的小腿，一时半会儿没回过神来，被吓得坐在地上了，提到嗓子眼的心过了好久才落下来，从此再也没见过大黑狗。赛买提可能也怀疑过自己，在一次人家宴请的“冬宰肉”[①]聚会上，他特意提到大黑狗丢得莫名其妙。直到春分，有人在前往春牧场寻找家畜时见过那只大黑狗，狗满身的蛆，窝在废弃的冬窝子里，见人来就夹紧尾巴跑开了。那晚，他喝了点酒，翻来覆去想起好多事才睡过去。他梦到大黑狗坐在他家院落前，散落着皮，身上还滴着血。早晨醒来后，他在脑海里过了一遍晚上的梦，闪现出大黑狗最终会回来找他的念头。在往后的日子里，这个想法时不时会闪现。到了秋天，又有人看见大黑狗，它的前腿至大腿根长出了白毛。之后，再也没有大黑狗的消息。因为赛买提，因为大黑狗，他再也没干过卖狗的行当……

这时，越过白桦树飞来一只老鹰，它盘旋在空中，从远处飞来时脖子一动一动，它挥动翅膀挨着自己飞过并发出嗖嗖的声音，褐色眼睛闪过一道冷光，盯人的眼神像要生吞自己。他害怕极了，老鹰会不会戳自己的眼睛？他哆哆嗦嗦地打冷颤，心里咯噔一下，老鹰或许在试探自己死没死，一直盘旋在上空。以前见过红眼老鹰用锐利的爪子很轻松地捉住村边落单的小鸡，它此刻会不会也在寻找

① 按照惯例，哈萨克人每年初冬会宰大牲畜用来食用和储备。

机会把我捉到天上去？万一没人来救我，我迟早会成为老鹰的食物。如果真有民间故事里在苍天大树里筑巢的大鸟，能刮起大风、下起大雨，叼走我该多好啊。如果非要待在树枝上，他可以忍受口渴，只是腰以下已经麻木了，感到疲惫和钻心的刺痛。记得以前，每当人们捉住偷牛贼，先用木棍和皮绳绑住小偷大腿根，按在板子上，两个强壮的大汉从两边转动缠绕皮绳的山楂树枝，钻心的疼让偷牛贼老老实实招出所有罪行。小偷发出撕心裂肺的叫声响彻整个村庄。此刻，他腰上的这根绳子，虽然和惩罚偷牛贼的方式有所区别，但也有的一比，以自己的体重，绳子慢慢嵌到肉里，身体肿得要命，命这东西真是世上最甜的，他害怕动一下都会让自己掉下去。他想揉一揉腰，又够不着。哎，早知道，与其跑来采这该死的石脂，还不如偷几只牛犊或羊什么的卖掉换钱，上次他还把掉水坑淹死的牛便宜卖给餐馆赚了点儿钱。如今，他挂在这里的时间越长，就有越来越多的念头钻进脑袋，变成一种深深的恐惧，身体感到的刺痛开始蔓延到他的脑海中，刺痛着他的每根神经，他感觉脑袋开始晃起来。

他望着地面的小路，突然发现小路转角处跑来一个小东西，是一只立起耳朵望向这边的黄狗，随后又出现一个骑马的人影。他赶紧大喊了一声，声音响彻天空。那匹马掉头了，好像惊住了，停顿了一会儿。从马辔的配饰来看，他猜骑马的应该是个小孩。小孩好像发现了他，盯了一会儿又往来的方向跑去，黄狗也随他走了。哎，你这该死的小家伙，怎么就挪不开脚步了，见鬼了，再往前走两步不行吗，只要你过来我就会教你怎么做啊。老天爷也不给我派一个经验丰富的成年人，却派来一个乳臭未干的小孩来捉弄我。可能自己无法看到，但让外人看到的样子多少有些丑陋吧，想一想就该觉得吓人，一个不在山顶，也不在地面上，而是悬挂在半空中的

“鬼”，啊呀，什么时候才能脱离这个人间地狱啊！

一段时间，村里流传“听说谁谁花了两块钱中了两万元大奖，十块钱中了一万五的大奖！”等消息，他和老婆也曾经偷偷买过彩票，想着有个好兆头，让孩子们也抽奖，但都没有中过奖。有时，他在家沐浴洗净后来抽奖，希望讨个好运，但每回都是一个数字对不上。抽奖就像狡猾的狐狸，总让自己产生“再买几次就会中大奖”的幻想，于是，他不停地买，直到把手里的一丁点儿钱都花光。如果能像哈那别克一样中大奖的话，哎呦喂，手气真不错，好运气，一个号坚持了九年最终抽到大奖。必须要继续买彩票，要是哪天中奖的话先把高利贷还了。如今，他一边要交房租，一边要还高利贷，压力大啊。为了能借到高利贷，硬是抵押了家里的三十亩地才拿到的，没承想高利贷利息比天还高，没能按时还贷，竟让高利贷把家人赖以生存的土地给收走了。一想到这个事，他心里刀割一样，倒是他那可怜的老婆还安慰他：“是这么个理，不是自己的东西终究不会属于自己，别再为失去的土地伤脑筋了，能过上现在的日子也算不错了。”老婆说的似乎有些道理，哎，终归是手头紧的缘故，如果再有几百元，没准会中奖，还差一个数字对不上。有人说彩票像泥潭，越玩越陷得深，但为啥还有那么多人都爱去抽奖，一天到晚围坐在彩票中心。真是遗憾，当时手头有些钱或许有机会，如果中了奖，他也没必要跑到这里啊。

他再次望向那条小路，还是那块粗笨的岩石，耷拉的青绿柏树伏在上面，小路被两边的草丛压得若隐若现。突然出现了一条黑狗，他心里燃起后边有人的希望。黑狗侧着走过来，后面连个人影都没有。黑狗直接来到摩托车旁边转悠了一会儿，鼻子朝天站了一会儿，径直走到他的正下方，抬头望向他。天啊，原来是大黑狗，他正在剥皮时活过来的大黑狗，它被割开的部位——脖子到大腿的四肢内侧都长出了一道白色的毛，要是没记错的话，当时剥它右腿皮只进行到一半，它的右腿也变成了白色。就是那条大黑狗，它终于找过来了，是来报仇的吗？它要干什么？大黑狗好像在等他一样，直立着身子坐在那儿，没有要跑开的意思，时不时抬起鼻子看向他（虽然看不见那狗的眼睛），似乎在嘲笑他。它一会儿跑去岩石边，抬起后腿撒泡尿，一会儿又返回来，生怕他不在一样。它望着他，用鼻子闻了闻气味，蜷缩起全身躺下了。他总觉得大黑狗在盯着自己，它肯定没忘记发生的一切，怎会忘记呢？它是怎么找到自己的？

从高处看地面也是一种有趣的事情。记得去年，当环卫工的妻子从同学那儿拿来两张“纳吾热孜节”晚会的票。老婆强调“人家都去参加晚会”，他只好跟着去。晚会专门邀请省电视台来拍摄，外观像升降起重机的摄像机从这头伸到那头，一会儿越过观众头顶，一会儿对着观众特写。那时他想，从高处俯瞰下方会是怎样的感觉？今日，他悬在半空中的样子和当时的摄像机一模一样。

他记得出门时和妻子说过：“天黑之前我会回来的。”他的手机肯定在响个不停，她肯定又在骂：“那个叫花子去哪儿喝马尿去了？”

走这条小路的人很少，都是一些钓鱼、野炊或寻石头的人，基本不会有人专门走到这来，就算来也是骑马或摩托车，才能穿过小道。太阳已经落到山那边，黑夜开始笼罩大地。长这么大，无数次在野外经历过天亮和天黑，但今天还是第一次静静地看着太阳一点点落山，黑夜逐渐吞噬大地。他头一次发现大自然的景象与自己如此休戚相关，山脚下的松树变成黑蓝色，蓝色的雾一点点浮上来，吞咽着周围的光影。仔细看，会让人觉得这些灰色的景象似乎在微微晃动。满山遍野的松木和柏树从青绿色渐渐变成黑色，让人看着胆战心惊。忽然，有个东西从他耳边唧唧叫着飞了过去，是可恶的蝙蝠。记得小时候玩耍时，最害怕天快黑之前遇到蝙蝠，听说蝙蝠可以戳瞎小孩的眼睛。此刻，他紧闭双眼，担心如何熬过漫长的黑夜。天色已经变得漆黑，山脚下的岩石都被黑夜抹去了，像一个深邃不见底的深海。他瞄了一眼，却因为胆怯干咳起来。他赶紧闭上双眼再不敢睁开，害怕一旦睁眼就会看见一只巨手，抓住自己的头往那个深邃的海底按下去。这一刻，看什么都像鬼怪，甚至觉得自己也是鬼。口渴的他，突然想小便了。他闭着眼睛小心翼翼地解决了这个问题。

人一旦闭上眼睛，总会胡思乱想。以前，他在山上放牧，地里浇水时也在外留宿过，那时，他喜欢躺在地上欣赏满天闪烁的繁星，格外惬意，完全不同于现在这种无助的状态。过了会儿，他睁开眼睛看向天际，黑夜的使者——星星们开始眨巴着眼睛出现在天空。他感到嘴巴干渴，腰也疼，只能安慰自己夏夜时间短，坚持一会儿天就会亮。但看山下的黑色大洞他会感到头晕。他想起老婆在炎热的夏天，不仅戴墨镜、口罩，围头巾，还会戴上居委会发的太阳帽。问她热不热，老婆还振振有词："这样穿防灰尘，避免被太阳晒伤。"他对妻子的回答不以为然，觉得应该还有其他原因。有一回，他去找老婆，转了一圈也没找着，所有环卫工都像从一个模子造出来的，他从未问过老婆负责打扫哪块区域、哪条街道。每个人都像老婆一样蒙着脸。遇到一个感觉像老婆的女工，他走到跟前，她却避开他的目光，问她什么也是回答得含含糊糊。他心想："哎呀，当环卫工也不丢人，大热天还包裹得这么严实，何必为难自己。老婆曾说过：'在政府部门上班的那些女人玩茶会都是几百或好几千，我们也玩茶会，喝点儿茶，吃点儿好吃的，闲聊散心，一点儿也不比她们差，虽然不能像她们那样攒钱，也得让她们知道我们也玩茶会。'"他觉得老婆她们这样也挺好的。

此刻，哪怕脚下是滚滚火海，好歹可以踏着地面啊！

哎，天黑就让它黑吧，整个星空进入梦乡，天地陷在寂静的黑暗中。渐渐地，他已经无法感知自己吊在多高的地方，甚至身在何处，不由得忘记恐惧，也不再烦躁了。他考虑，如果能够转身抓住松木的另一端，就可以抱着松木，解开绳子再顺着树木往下滑。但是，松木的顶部已经穿过绳子，就像量身定做的一样狭窄，根本没法动弹或转身。他感觉身体已不是自己的，像吊起来的石头一样，或是像熟透的苹果，仿佛一片叶子上的水滴，随时会因为一点儿响动而掉下去，他只好盼着明日的太阳早些升起。

过去总觉得夏夜短暂而迷人，今天才感知夏天的夜晚漫长。他要抵挡饥渴、疼痛、恐惧，还有袭来的阵阵睡意，眼睫毛像被松胶粘住一样。他微微睁开眼睛，渴望黎明的到来，时不时揉揉腰。寂静的夜晚，传来某种夜鸟的鸣叫声，山里有狐狸在叫，还有蝙蝠和老鼠的吱吱声。过了一会儿，周围的一切都安静下来，连蝙蝠都停止了乱飞。他也困了，山谷刮起了风，吹过他的额头，树林发出呼呼的声音，好像在证明它们还醒着，山里的风一般会顺着山坡的方向刮，风让他疲惫的身体和精神都清醒了过来。

……又过了好久，他发现自己在漆黑的夜色中飘浮，盯着他的老鹰、那条阴魂不散的大黑狗、蝙蝠什么的都跟在自己身后一起飞。只是，去哪儿、怎么落下来，一概没有答案。大黑狗在哪儿？肯定一直跟着，也许正龇着牙朝我而来……

春天，孩子们在广场放风筝，线轮上绑着长长的线，风筝飞得越来越高，越来越远。他感到大黑狗就像放风筝一样拉着系在自个儿腰上的绳子。他往下看，一片漆黑，透心凉的山风让他感到一阵透骨的冰凉。极度疲倦的他昏睡过去，腰疼得仿佛夹着一把刀……

……他从自己的鼾声中醒过来，想起老婆总埋怨他鼾声太大，搅得孩子们睡不好，在他打鼾最厉害的时候戳他的腰，破坏他的睡梦。太多的苦恼来自生活不易，他来城里租房，租不起大房子，只好租人家的两间库房，一家人挤在小小的房间里满满当当。倒是老婆安慰他：“好歹我们有两间房，要是像夏海他们一家人只有挤在一间房里，又能咋办?”

从乡下搬家时，老婆舍不得家里的东西，本打算一件不留全都带走，但也是她打破自个儿说的，意识到那些过时的笨重东西和城里格格不入。后来，他们买了城里人看的那种像刀锋一样薄薄的电视，还有冰箱沙发、桌椅板凳和床什么的，花费了不少钱。一到时间，房东就像喜鹊一样催你交房租。

他们把村里的老宅卖给了一对新婚夫妻。卖老宅就像一块大石头压在心底让他恐惧和遗憾，搬到城里，他从未睡踏实过，老婆虽然没说什么，但也是心里难受。一天夜里，老婆把枕头靠过来，在他耳边轻声说道：“老头子，别难过，我们也是为了生活才卖掉老宅，搬到这里可以让两个孩子在城里上学，我做了环卫工，老房子已经物有所值，也不算遗憾，我们知足吧。你看，哈布德克房子着火，一点儿用也没了，和他比我们已经不错了。”提起哈布德克，他像燕子一样忙碌了一夏天，好不容易盖好的房子还没入冬就着火了，有人说是烟囱着火，也有人说是他自己装的线路出了问题。总之，他辛辛苦苦盖的房子一晚上被烧成了一堆黑土，留下光秃秃的四面墙壁。乡政府和村里的父老乡亲都伸出援手帮衬了些，但还是不够啊。老婆说得对，比起哈布德克，他家的老宅也算值了几个钱。虽然，平日里老婆说话有些过头，但她心地善良，总会在困恼的时候安慰自己，正因为她的知足，也让他觉得生活不再那么难过。

听说村里的塔阔，现在已经是面包店老板了！哎，管好自己吧，还想着塔阔干什么，看看自己的模样，一阵腰痛让他从思绪中回过神来。哎呦，好疼啊！老婆肯定在担心我而睡不着觉吧，要是她看见我现在受的苦，一定又心疼又着急，像狂风大作般数落我：“都五十岁的人了，又不是小孩子，你这干的是哪一出啊！”

记得老婆曾对他说过：“有时候吧，看你还算欣慰，万一和巴依汗那样偷邻居牲畜闹得沸沸扬扬，被抓去坐牢后，留下老婆孩子受苦该咋办啊！”说起巴依汗，那是一肚子坏水，他曾把误入自家牛群的一头歪角牛抓住，将煮的两个大胡萝卜绑在牛角上，等牛角软化后不顾牛怎么惨叫，硬是把歪曲的牛角给弄直了。过了几天，歪角牛的主人上门找牛牵走时也没看出什么破绽。一次，他看到一头不知哪儿跑来的黑牛，把用牛尾编的绳子放进滚烫的水，拿出来绑在黑牛的肚子上，黑牛的肚子被烫得掉皮，过了好几个月，围着黑牛的肚子长出一圈白毛，黑牛变成了“白腰牛”。哎哟，我的腰啊！甭提别的，要是赛买提知道我这个样子，肯定会嘲笑我，不，他也许不会那样，他从未因自己的富有而显摆，相反是我在躲避他。想到这个，他就像吞了银针一样难受。

记得老早以前，队里安排三天的收割任务，要求每个人在划分田里割好苞米秆子并捆绑整齐。他和赛买提分到了任务。大队秘书是他的亲戚，给了他一把锋利的镰刀，给了赛买提一把钝的，是一把把手快掉了的老镰刀。赛买提割了一会儿手磨破了，斜着竖着怎么割都不管用，只能停下劳动跑去磨镰刀，过了好一会儿才回来，手上缠着白布。第一天，他俩割麦子不分上下。到了第二天，待太阳晒到头顶时，赛买提已经远远超过了他，他却感到眼前发黑，腰酸背痛，浑身直冒汗，只想休息一会儿。他拿指甲狠狠抠了一下鼻子，马上流出铁锈味的鼻血。晚上的总结会上，虽然他远在赛买提之后，但还是被队长提了一下：“有些同志鼻子流血了照常坚持劳动！”第二天，他马上被秘书亲戚安排到阴凉的地方，亲戚对他保证道：“亲戚之间要相互照应，你不用太辛苦，有我在就不会亏待你，一切都在我掌握中。”劳动结束那天，他的名字出现在光荣榜上，当他看到因为辛苦劳作而满脸污垢，双眼已经凹陷进去的赛买提，他顿时羞愧得低下了头，想起参加劳动以来，他俩白天一起干活儿，到了晚上还给彼此捶背解乏。

他和赛买提分到的田是挨着的，明眼人都可以看出赛买提干的比他多，但到了晚上总结会，却是他上了光荣榜，还得到手套和鞋子作为奖品。当他抱着奖品走在人群里时，嘴里混杂着莫合烟味道的秘书亲戚把他拉到一边，悄悄说：“我把赛买提的半亩加给你了。”听到这句话，他感到自己的心都要跳出来了。他加快脚步，把秘书和赛买提都甩在后面，一个人走开了。他感到自己像偷东西一样害怕和不安。那夜，他在外头溜达了好长时间，直到很晚才回到棚子里，赛买提好像睡着了，他却浑身滚烫，无法入睡。

他和赛买提是发小，用哈依布尔老头的话就是“一个窝里的小狗崽”，两人打小形影不离，在泥塘里摔跤时，他总能轻松把赛买提摔倒。他俩还赛过谁尿得远。他要和赛买提比赛谁尿得高，赛买提不愿意，问原因，说不出理由的赛买提就说：“奶奶说这样不好。”听到这个理由，他更起劲了，结果尿到自己身上，赛买提也不笑话他，只是说了句“去河渠边洗洗吧”。赛买提就是这样一个伙伴和朋友。这次劳动，赛买提却比自己“少割半亩地”。他把鞋子和手套放在赛买提的枕头下，打算第二天找秘书亲戚让他以后别再那样对待赛买提。第二天，赛买提把鞋子和手套扔给他：

“喂，你的鞋子和手套怎么跑到我这儿来了？”

“这是属于你的，给你的。”

“你爸妈会骂你的，你留着。”

“你拿着吧！”

他跑了出去，遇见秘书亲戚却什么也说不出，只好转了一圈又回去了。现在想想那种无奈，因为自私而烦躁不安的感觉像一条巨蛇缠着让人无法呼吸，天哪，要是赛买提知道真相，他该怎么面对赛买提。

之后，好长一段时间，秘书亲戚都把老旧的、坏了的工具给赛买提，给他新的、好使的工具。挖渠时分给赛买提一把生锈的锄头，但是赛买提利用休息时间用榔头敲打一下，找铁匠磨一下，渐渐学会了如何将老旧的工具加入盐水使其变得锋利，最后学会给别人打磨锄头。打草时，秘书给他锋利的镰刀，给赛买提一把钝的。刚开始，赛买提还找人帮忙，后来，看着别人磨镰刀，也学会自己磨了。再后来，赛买提学会开收割机，老旧收割机容易坏，赛买提不顾炎热利用午休时间捣鼓着学会了修收割机。到了春分翻地时，谁都知道翻地的活儿土大，特别辛苦，基本没人愿意接犁地的活儿。还是经秘书“指点”，大队将这个工作交给赛买提。赛买提去犁地，遇到拖拉机手累了需要眯一会儿的时候，就让他试着在平地开，这样，赛买提学会了开拖拉机。说到眯一会儿，此刻，睡觉是一件多么奢侈的事，要是能好好睡一觉该多好啊，夏天的夜晚怎么这么长。

总算，折磨和考验他耐力的夜晚终归要渐渐退去了。

太阳的升起和落日的轨迹完全相反，昨晚太阳落山时，山脚下的黑暗像是把光明往上卷起来，今早，太阳升起时把整夜狂欢的黑暗和阴影从山顶往下赶。如今他又困又累，连眨一下眼睛都很痛苦。不过，冉冉升起的太阳给了他一点儿勇气，希望今天能有人到这里。昨天那个王八蛋回家后没给他家里人说吗？他看到地面上丢有一些酒瓶、碎纸屑等垃圾，足以证明会有人来这里。一定是那些为了逃避城市的喧嚣，得空跑来钓鱼或野炊的人留下的垃圾。我可真倒霉，怎么遇不到这些人，这样挂得难受。眼下除了那条大黑狗，地面上再没什么东西了。

忽然，从路角冲出一辆黑色摩托车，上面有两个人，前面的人穿着白衣服，后座的人穿着绿衣服。他刚要张嘴喊，又怕吓跑他们。过了一会儿，又来了一辆蓝色的摩托，前面的人穿着灰色衣服，后面的人穿着红色衣服。天啊，两辆摩托车直接开到岩石这边，大黑狗看见有人来，立刻跑到树那边去了。他的眼睛都瞪大了，还以为救援队来了。但看清摩托后座是两个女孩时，他有些沮丧。两辆摩托车开到这边小松树旁了，他想大声喊救命，但又忍住了，害怕吓跑他们。他们似乎是来野炊的，两个小伙子停好摩托拿出后面的大袋子，两个女孩并肩往下坡的大岩石后走去。小伙子们在地上铺好垫子，摆好各种吃的，有饮料、啤酒、矿泉水，还有一瓶白酒。虽然他已经不喝酒了，但现在真想喝一口。他用嘶哑的声音叫："哎呀，救救我啊！"他发出的声音很低，但却像乌鸦叫一样吓人。其中一个小伙子往后退了两步，另一个看向上方呆住了。

"别害怕，我为了采点儿石脂掉下来，吊在这里了。"

"你是人还是鬼？"

"哎呦，我真的是人，你们看，求你们帮帮我。"

另一个小伙子也仰着头问："哎，你怎么在这儿？"

他带着哭腔回应："掉下来，被挂在这儿。"

"什么时候？"

"昨天早晨。"

"从哪儿，怎么掉下来的？"

"从那块岩石上，绳子断了。"

他俩是在怀疑，还是在想法子？他们仔细打量松木和石峰，刚走到岩石底下，大黑狗挡在他们前面。小伙子们捡起石头吓唬了一下，大黑狗摆着下垂的尾巴龇牙叫了起来。小伙子们无奈站在原地，似乎在讨论什么。其中一个拿起手机，看向他："喂，你叫什么名字？是哪儿的人？”打完电话，喊道：“已经给110报警了，他们一会儿就过来救你，你先忍着点儿。”此时，绳子好像要把他的腰勒成两半一样痛苦，活生生刀割就是这样吧！课本中讲到的英雄刘胡兰被敌人斩腰该多么悲壮啊！

两个女孩回来看到这一幕都呆了，绿衣姑娘觉得很好笑，一直咯咯笑，甚至连他也觉得自己真的很恐怖和滑稽。他注意到，几个年轻人似乎有分歧，红衣姑娘认为他们应该离开这里，白衣小伙子却认为这里阴凉，风景也不错。红衣姑娘说：“算了吧，看着那人，我们怎么吃得下东西。”灰衣服小伙子说：“他有什么妨碍呢，又不是我们把他吊在那儿的。”绿衣服姑娘却认为：“我觉得挺浪漫的，呵呵呵，就像好莱坞电影一样刺激。”红衣姑娘说：“算了，尽说些不着边际的。”灰衣小伙说：“已经报案了，我们不能走。”红衣姑娘说：“已经报警就可以了，他们会把他救下来的，周末才休息一天，好不容易野炊一次，我们还是走吧。”白衣小伙子说：“这样也好，看着他也挺有意思的。”说着，他摆好一些吃的坐下来，灰衣小伙子和绿衣姑娘陆续坐在垫子上，红衣姑娘站了会儿，也只好无奈地坐下来。天啊，谢天谢地，眼皮子底下有人晃荡也算幸运。他看到桌布上摆满各种好吃的，几个年轻人举起杯子尽情喝着，他眼巴巴地看着酒水入口，真要命啊，他好渴。要是有一杯啤酒该多好，哪怕一口水，要是来一杯白酒的话，他会不管戒酒，爽快地来一杯。这时，白衣小伙举杯过头顶扯着嗓子喊道：“来，为了你的平安，喝一杯。”其他三人拿起各自的杯子。杯里的酒在阳光下闪动着，像是在显摆一样烫着他的眼睛，哎呦，他想说些什么，但早已干枯的舌头粘在上颚上不能张嘴。他想哭，眼睛干得什么也没有。灰衣小伙举起第二杯：“敬我们的相遇！”他顿时觉得眼前模糊了。绿衣服姑娘说：“嗯，真的很有趣，他怎么会挂在那棵松树上，不会是被什么风给吹来的吧。”红衣服姑娘说：“他的情况就像跳伞人被挂在树上一样。”他们在聊他。一会儿，白衣小伙子站起来，大概是方便去了，回来时从他的摩托上抓了一把艾草回来，向他喊道：“喂，这是什么草啊？”见他没吱声，又喊道，“我在问你呢，这是什么草？”他担心惹怒那小伙子，提起全部的力气回应：“是，是艾——草。”“那你把这些艾草给我。”他没发出声音，灰衣服小伙子劝道：“从昨天挂到今天，估计他渴坏了。”白衣小伙子也说：“嗓子都干透了吧。”红衣服姑娘说：“好可怜，他需要喝点儿水。”绿衣服姑娘说：“要不整个大气球把水带给他。”

“他好可怜啊，只有灭火的设备才能把水送到那么高的地方。”红衣姑娘担心道。

“让飞在高空的老鹰给他送水吧，呵呵呵！”灰衣服小伙子笑着。

白衣服小伙举起一个满杯：“来，为了大家的平安和健康喝一杯！”

听到祈福自己安康的话也是一种安慰，要是自己能像蜘蛛一样顺着蜘蛛丝下来该多好。

“看着他，真的无法下咽！”

“那又怎样，他幸好遇到我们。”

“咦，他怎么一动不动，不会是已经没气了吧？”

“我猜他肯定在盯着桌布上的食物，估计从昨天开始他什么都没吃。”

“好可怜，看样子年纪也大。”

“看着食物也是一种享受吧，就像自己在吃一样，如果眼前什么都没有的话，人一旦绝望会失去全部体力。”

“太不容易了！”

“就像有人去荒岛或沙漠探险，如果完全没有准备，能有几个平安返回的？”

“就你知道一些奇闻轶事，真不愧是读书人，什么都知道。”

几个年轻人七嘴八舌，他看见底下是白色的、灰色的、红色的、紫色的太阳帽。

过了一会儿，白衣服小伙走远了，灰衣小伙邀请绿衣服姑娘跳舞，他俩跳着跳着似乎变成一个人在缓缓移动。听说骏马尿过的地方会长出一种顶部红、底部黑的蘑菇。地上斜放着一把红色的太阳伞，像极了被折断的蘑菇头。他听不到说话声，也许他们在放音乐跳舞。记得，他和老婆也那样跳过。那夜，他忙活到挺晚才回家，媳妇表现得不同往常地热情，说是有好消息，让她快点儿说，她却让他猜，不一会儿，媳妇揭开谜底：低保费涨了。他俩为此高兴，摆了桌子要庆祝，夫妻俩高兴得跳起舞来，手机里有好多音乐，无论是哈萨克的“黑走马”，还是维吾尔的“麦西来甫”，都是跳舞的好曲子。

他隐约看到餐布上的食品，想起六月初的一天，他带小儿子下山，拿家里的山羊绒到城里来卖，走过一排排摆放整齐的货架时，儿子说啥也不走了：“爸爸，我渴了，我要喝水。”儿子的小圆脸通红，鼻子上还有汗珠。他只好让儿子选一个，儿子看着各种叫不出名的饮料选了好一会儿，最后才胆怯地看着售货员，用稚嫩的小手指向娃哈哈饮料做了一个半圆的手势，但又像被什么烫了一样缩回去。山里孩子从未尝过什么饮料，真让人心疼啊！说起娃哈哈这个词，他想起村里那个脾气倔强的小伙子。在分配雪灾救灾物资时，领到物资的有些人不太满意，小伙子就讽刺地说道：“把你们裹在绵软舒适的摇床里，再把娃哈哈的管子插到嘴巴里才满意吗？”那时他就想知道娃哈哈喝起来是个啥味道。

他也该知足了，自己一辈子没受过什么苦！

他回忆着，大队让赛买提开拖拉机时，全村的人都要看他脸色。赛买提精明能干，什么活儿都会，什么难题到他手里都能解决好，没过几年，赛买提就成了村里富裕的人，开办了一个养殖合作社。再看看自己，什么活儿都干不好，没点儿出息，恐怕一辈子都没戏了，唉，都是因为自己太懒，还成天想着天上掉馅饼。

他想起秘书亲戚的儿子生病要换肾，赛买提组织村里的父老乡亲筹集捐款，自己带头给了两万元。年老的秘书亲戚哭得胡子都湿了，从赛买提手里接钱时身体抖得钱都散落在地上。他看着也觉得难受。

记得他和赛买提一起参加婚宴，喝醉的赛买提对他吐露心事："从小，看到那个秘书的所作所为，我就恨，但又不能对抗。那些不公的日子，我难受得睡不着，经常藏在被子里哭着睡去，那时候，你睡得可香了。我真想和他对质，为什么对我朋友那么好，对我就那么残酷。但我害怕，怕你父亲和那个秘书，只好什么都忍下来。我们两个摔跤时，明明我把你扑倒了，但害怕惹你生气，就假装被你扑倒。我们俩小时候啥都一起干过，哪怕比赛尿尿，我本可以赢你，但还是忍住，让你赢我，后来，我偷偷量过，我尿得比你长了半个脚掌。现在想一想，谨慎给我带来好运，我学会了忍耐，坚定了毅力。这个世界是轮着来的，我所受的所有苦都带着福气。我想过和他对质曾经对我的不公，又怕他年纪大了承受不了打击，你看，身体硬朗的他被独生子的病压垮，他见到我就抹眼泪，我也就算了，他已经够痛苦了。"听到赛买提的酒后真言，他心虚得想找条地缝钻进去。

唉，现在不管赛买提了，要是有个长长的娃哈哈吸管该多好，好让我喝一口桌布上的饮料啊。

"你想到没，我在琢磨。"

“说啊，琢磨啥?”

白衣男子举起纸杯指向他说：“他!”

“想着他做啥?”

“做一些抢救措施。”

“怎么做?”

“要是有吊针的那种长管子，可以把一头扔给他，另一头插饮料管里。”

“吊瓶那种软管子怎么递到他嘴边，怎么不想想娃哈哈的吸管。”

“嗯，对了，娃哈哈的吸管正合适。”

两个小伙子正在商量着。

他观察着几个年轻人的一举一动，白衣小伙子俯身从餐桌上拿起一样东西，那东西在阳光下闪了一下，他把东西给了红衣女子。红衣女子接过放在嘴里吃起来，他猜到那是一个红苹果，小伙子在给姑娘削苹果吃。他开始浮想联翩，想象如果自己是长在高峰上的奇异果子，就像《西游记》里孙悟空摘的人参果，他们恐怕早就想尽办法摘走果子了，哎，呵呵呵!

赛买提曾让他去他那儿干活，哎，早知道在这儿吊着，还不如去他那儿打工呢，要是早些听从民政干部的劝，也不至于这样。

悬崖下有一块巨大的石头。

白衣小伙子没忘记他，拿着太阳帽挥了挥。

远处的大黑狗一动不动观察着这里的一切。

哎，只要这里有人在，我也知足了。

眼看太阳要落山了，大岩石那边冲出三辆摩托车，已经又累又渴、眼睫毛都快粘在一起的他顿时睁大双眼。一看闪烁的车灯就知道是公安，他喜悦的心情变得有些忐忑。

很快，救援人员爬上来，吊着他从悬崖处缓缓下落到地面，他总算获救了！救护医生检查他的心跳、血压和身体状况，给他喝水、吃药，在地面上休息了一会儿，就让他坐在摩托车后座将他送到大路上。这里有好多人和车在等着他。他的脸就像着火了一样发红，他想："我的丑事要传遍整个县城了，那些没事干的人有说闲话的故事了。"当这些人用车把他送到家时，他的家人和亲戚都在屋里等着，他们哭着拥抱他，高兴他能活着平安回家。家人们激动地感谢政府和送他回家的人。最后，屋里剩下乡长、村长和民政干部。民政干部对乡长说："要是您同意的话，我来保户，让他早日脱贫。"乡长表示可以考虑，民政干部看向他："今后，我们俩会经常在一起，希望你振作起来，不要再犯懒惰的毛病，你有什么意见?"想想以前他不看好民政干部，觉得他性子直，说话不顾脸面，此刻听到民政干部真心诚意想帮他，他惭愧地红着脸，头也没抬，只是一个劲点头。民政干部语重心长地讲道："首先，咱要有坚定的信心，人家能做到的事，我们也可以。人家能成功，我们也能！第二，我们要一起做个打算，想出一个合理的计划。第三，也是最重要的一条，你要彻底改掉懒惰的毛病，懒惰像阻止马儿奔跑的脚套，甩掉懒惰才能跑起来。"民政干部说完这些，又望向他的老婆："嫂子，您也要支持自个儿的丈夫，勤俭节约，不会持家的女人就像有洞的盆子，装再多的水也会漏掉，女人不旺家，更别提发财致富了。"在场的人都点头说是，乡长附和着："我赞成你的提议，我会看看乡里有啥好政策来支持你们。"民政干部接着刚才的话："记得小时候课本里有个名为《小白兔和小灰兔》的故事，讲的就是老山羊给两只小兔子白菜，第二天，小灰兔还问老山羊要白菜，小白兔则要了白菜的种子。小灰兔天天吃老山羊的白菜为生，小白兔则学会了自己种白菜，储备了冬天的粮食。到了冬天，小灰兔饿得唧唧叫，小白兔却不用担心吃的。现在想想，这个故事真是一个扶贫的寓言。有些人像灰兔子一样张口就想白吃白喝，我们给他白菜，还不如给他白菜种子。我们可以思考一种合适的方法，不只是把国家补贴分给他们，看着他们用光。就像不该送鱼给住在河边的人家，而应该给鱼竿和饲料，传授打鱼、卖鱼的方法和途径。我想对你说，既要种白菜，也要学会打鱼。老话说：健康才是最大的财富。你这样一个健健康康的人怎能整天靠着低保户那点儿钱维持生活呢？我发现贫穷的人有四种：第一，常年生病治病造成贫困；第二，酒鬼；第三，懒惰；第四，挣点儿钱就开始花钱如流水，不会攒钱，还到处攀比。”

听着民政干部的一番话，他的脸就像被泼了红漆一样红红的，倒茶的老婆也羞愧地低头用手指抠着花毡上的图案。

“我说这些话，会遭人讨厌，我并不是羞辱贫穷的人。我说的都是事实，因为真心同情才不客气地说出真话，正如给病人吃药，不能因为怕苦就给甜的，药不苦怎能治好病？”

这时，老婆止不住哭起来：“都怪我，我爱和别人比吃比穿，把他挣的那点儿钱都花光，我没有省着花钱，也没有攒钱，让他也绝望了吧。”

“在座的都有责任。”村长接上话，“乡长说得对，我们没有及时了解和办理惠民政策扶持工作，往后，我们都需要改正各自的问题，我看到，您今天流下羞愧的眼泪，只要有羞耻之心，就会带动责任感和信心的。”

自那天起，民政干部为他做了一番打算和计划。他心里却怀疑自己能否做到，万一失败了怎么办，是否应该直接回绝干部的主意。不过，也不能得罪啊，毕竟他是管着财经大权的能人，得罪他恐怕啥好处也没了。转念一想，就跟着他做吧，他说什么就做什么，万一没什么成绩也没损失，到时候反正有他来承担责任。父老乡亲都盯着他，想看看他的表现，察觉到众人的疑惑，他更觉得焦虑。

一旦有人问他情况如何，他一概回答："民政干部让我这样做事，我也不知道会不会有效果。"他尽量撇清责任，担心失败后被人笑话。

在民政干部的提议下，他把家里剩下的麦田租出去，用租金从县城买了政府给农牧民修建的安居楼房，简单装修后搬进去，孩子们住在县里读书。他则在村里建了一个二百平方米的棚子，靠着政府给予的补贴，他卖掉一些牲畜，再用政府的无息贷款买了牛犊，自己饲养卖肉。起初，他有些排斥，但民政干部一直盯着，他只好硬着头皮去做。他再也不像以前那样睡得头昏脑涨，现在的他从早忙到晚，早起晚睡，早把不劳而获的懒惰想法抛在一边。太累的时候，他也会想"这么辛苦干吗"，好像懒惰要重新打败他。关键时刻，一直观察他的民政干部立刻点醒他："大哥，你必须坚持下去，退缩不是一个大男人干的事，只有自己强大才对啊！"

他上山采集石脂挂在松枝上的事儿传开了，村里爱说闲话的人给他起了个外号叫"石头大盗马汗"。如果现在半途而废谁知又会被起什么外号。想到这些，他又振奋起来。他听取民政干部的意见，每月记录收入和支出，把牲畜养殖业做得风生水起。到了年底，有了一笔丰厚的收入，家里储存了够用一个冬天的草料。他听从乡长扩大产业链的意见，把挣的钱存起来，加上政府扶持资金，竟然变成了一个真正的养殖户。他能走到这一步，实属不容易，经商是一门大学问。一开始，他买牲畜没有经验，不知吃了多少亏，他开始学习如何评价和估算牲畜。渐渐地，他开始有经验，练就一副"秤砣"眼神，再买卖牲畜再没吃过亏。他在各个乡村间奔波购买牛羊时，听到"三根毛"的老婆对着别人大声说："哎，听说马汗在收购牛羊，会不会顺便卖狗啊？"那个女人说出这样的风凉话，就是故意让他听见，往他伤口上撒盐。也有人传出："其他商贩收购价出得高，马汗没几个钱，所以出不了好价钱。""哎哟，听说了吗，马汗的秤砣有问题。”这些传言多少阻碍了他，大家好像开始疏远他。他感到沮丧和失望，甚至想着半路退出。赛买提似乎听说了什么，来找他谈心：“老朋友，村里的父老乡亲大部分都是好人，只是有一小部分人心眼小，见不得别人比他过得好，会说一些风凉话。这是人生常态，但要记住，这些人不会对你造成威胁，别为了芝麻丢了西瓜，坚持自己的路。听说过‘想要成功就要当聋子’吗？不要理他们，只做最好的自己，那些小心眼的人最终会承认你的。”赛买提的一番话给了他莫大的安慰。

秋天的多雨时节，他拉牛的小拖车陷在泥潭里，司机怎么也发动不起来，他们干脆跳下来挖淤积的泥潭，用劲推车，从周围抓了一把草垫在车轮下，再把牛都赶下来。但是，车轮越是空转越陷得深。他俩被折腾得筋疲力尽，这鬼地方，人烟稀少，距离村子还远。他管不了那么多了，拿起手机给赛买提打电话：“朋友，需要你和你的大车把我们从泥潭里弄出去。”不到一小时，赛买提赶来了，很快就用钢丝绳把陷在泥潭里的车拉出来。他们这才坐在路边的草丛里吸口烟歇会儿。他从钱包里掏出三百元，却被赛买提拒绝了：“你这是干吗，我俩之间还需要算这么清吗？还是先把车开到坡下，再把牛装到车上。”

“你从那么远的地方赶过来，至少当个油费吧。”

“我说不要，就别再说什么了，看着你创业，我也开心。我俩一起长大，在一个锅里吃过饭。以前叫你过来帮我干活儿，是为了你有事做。现在好了，你的生意起步了。看你这个小拖车不太好使啊，最好换一个厢式大拖车用起来方便，要是钱不够先从我这儿拿点儿，等你赚大钱了再还给我。”

“说真的，小拖车在乡间跑路买牛，运输起来确实不方便，换辆大车，装得多，还能跑到地区和首府，不过就是手头紧。”

“好了，朋友之间就该相互帮助，我们从小是好朋友，我不会忘记你把获奖的蓝色麻布鞋和手套让给我，你不知道那会儿我有多高兴。我的鞋子不知补了多少补丁，已经没有鞋的样子了，当我拿到你给的新鞋子，高兴得久久无法入睡，一直用手摸着，等你睡了，我还在被窝里试了几次，好多天我都抱在怀里睡着的。行了，不用为利息的事头疼，明天过来拿钱吧。政府的扶持资金你先用在别处，用我借给你的钱买辆大车吧。”听到赛买提说的，他的双眼瞬间充满泪水，他心里又感动，又想起曾经跟着秘书亲戚对赛买提做过的不公，羞愧得要死。

有民政干部给他指路，他在两年间建造了五百平方米的新棚子，还买了各种专拉牲畜的拖车。为了满足消费者的需求，他现在不仅提供牛羊，还有马和骆驼，不仅买卖活畜，还提供鲜肉，在县城开了两家肉店雇人看着。他不断地扩大产业链，牲畜生意开展得如火如荼。村里要征用他家的地建造沙棘厂，给了他不少拆迁费。他在民政干部和村长的帮助下，并没有像从前那样开始享受，而是用手上的钱在靠着大路的地方买了五十亩地，计划开办一个小型屠宰场。经过县里环保局等相关部门的审核，他如愿拿到许可证，还申请了无息贷款。他在环保局、食品监管局等部门的严格监管下修建了屠宰场，和相关小厂子签订合同，提供牲畜的皮毛和内脏，注册“绿色食品”。和罐头厂签合同，出售包装好的马肠子、马肉，产品还远销外省市。他的屠宰场解决了村里二十多个小伙子的就业，连“三根毛”“慢拖拉”这些曾经的酒友也变成了工友，一起劳动。他已经不记得这些人曾经在背后说他什么，如今，他们围在他前后，背着他也是说好话：“马汗真有出息，马汗才是真汉子。”实际上，他们几个也挺可怜的，年纪大了干不动重活儿，都是冲着他在，才敢到厂里来找些活儿干。他会特意嘱咐分工的小伙子给他们几个安排轻松的活儿。到了发工资时，他又嘱托会计多算一些工钱给他们。会计想不通：

“已经给他们最轻松的活儿，现在又要多发钱，您这是干吗呢？”

“我经历过苦难，最理解缺钱的感受，帮他们也没多大损失！”他给会计解释道。“三根毛”的老婆高血压病倒时，他还赶过去慰问送了三千块钱。

这天早晨，他正忙着给往外地运输的大车装货。民政干部开着快车停在他面前：“快，大哥，快过来，有个好消息。”平日里较为严肃的干部此刻喜笑颜开，“好消息啊，你要去参加在自治区召开的‘致富劳动模范’表彰大会了。”

他听到这个好消息，也不知该说什么，站在那儿发呆。

“你看，这是表彰大会通知书。”

看到通知书，他才回过神来，开心得合不拢嘴。“这个表彰大会，应该让您去参加，您去参加表彰才对。”

“这是我们作为国家干部的义务，但成绩是你的。”

“我说的是真心话，我能摆脱懒惰和虚荣走向正道，都是您的功劳，如果不是您将我从无知的睡梦中摇醒，我可能一辈子不能抬头。我该怎么报答你们的恩德！一开始我还逃避和找借口，现在想想就特别惭愧，白白流失了那么多时间。”他激动地诉说着，又陷入沉思：懒惰带来短暂的快乐，攀比和寻欢就像偶尔滴到嘴里的迷魂药一样，不能吃饱，又没有营养，自己身上的这些毛病是啃食生命的虫子，哎，以前怎么没早点儿发现呢？